›Die Geschichte vom dicken Holzschnitzer‹, »eine der großen Novellen der italienischen Literatur« (Manganelli), soll auf eine wahre Begebenheit des 15. Jahrhunderts zurückgehen.
Angestiftet von Filippo Brunelleschi, dem berühmten Baumeister der Florentiner Domkuppel, heckt ein Freundeskreis von Künstlern gegen einen der ihren den ernstesten und grausamsten aller Streiche aus: der dicke Holzschnitzer soll glauben, er sei nicht mehr er selbst. Der Mechanismus des Streichs wird mit teuflischer Raffinesse ausgeklügelt und unter Beteiligung anscheinend der ganzen Stadt in Szene gesetzt, so daß dem armen Betrogenen am Ende nur bleibt, entsetzt die Flucht zu ergreifen. An ihm zeigt sich, auf wie schwachen Beinen ein Ich steht, wie schnell es seinem Besitzer abhanden kommen kann, im Grunde auch, wie sehr es ihm von den anderen angehängt wird.

Antonio Manetti aus Florenz, der von 1423 bis 1497 lebte, war Mathematiker, Architekt, Dante-Spezialist und Verfasser einer ›Vita‹ des Filippo Brunelleschi, die Giorgio Vasari als Vorlage diente.

Das Geschehnis, auf das sich ›Die Geschichte vom dicken Holzschnitzer‹ gründet und das schriftlich und mündlich überliefert ist, soll sich 1409 oder 1410 ereignet haben. Manetti, der im letzten Drittel des 15. Jahrhunderts die vorliegende Fassung niederschrieb, kannte und benutzte die mündliche Überlieferung und die beiden Prosaversionen (Vulgata und Palatina 200).

Erzähler-Bibliothek

Antonio Manetti

Die Geschichte vom dicken Holzschnitzer

Mit einem Nachwort von
Giorgio Manganelli

Aus dem Italienischen von
Marianne Schneider

Fischer
Taschenbuch
Verlag

Deutsche Erstausgabe
Veröffentlicht im Fischer Taschenbuch Verlag GmbH,
Frankfurt am Main, August 1993

Als Vorlage für die Übersetzung
diente die von Paolo Procaccioli besorgte
kritische Ausgabe der ›Novella del Grasso Legnaiuolo‹
(Fondazione Pietro Bembo / Ugo Guanda Editore. Parma 1990)

Umschlaggestaltung:
Alfons Holtgreve, Christian Mertens, Hans-Georg Pospischil
Satz: Fotosatz Otto Gutfreund GmbH, Darmstadt
Druck und Bindung: Clausen & Bosse, Leck
Printed in Germany
ISBN 3-596-11181-1

Die Geschichte vom dicken Holzschnitzer

In der Stadt Florenz lebten in vergangenen Zeiten sehr spaßfreudige und scherzlustige Männer, vornehmlich in der jüngst vergangenen Zeit, da es Anno 1409 geschah, daß sich, wie es ehedem der Brauch, an einem Sonntagabend eine muntere Gesellschaft etlicher ehrenwerter Männer sowohl aus den regierenden Familien als auch Meister einiger Handwerke und Künste wie Maler, Goldschmiede, Bildhauer, Holzschnitzer und ähnliche im Hause des Tomaso Pecori zu Tisch einfanden; diesem sehr ehrenwerten, scherzlustigen und geistreichen Mann waren sie willkommen, weil er an ihnen sein größtes Vergnügen hatte; und als sie so, nachdem sie froh getafelt, am Feuer saßen, da es Winter war, unterhielten sie sich, bald zu wenigen zurückgezogen, bald alle zusammen, über mannigfache vergnügliche Dinge und beredeten vor allem, was sich in ihren Handwerken und Zünften Neues zugetragen hatte. Während sie mitten im Schwatzen waren, sagte einer von ihnen: »Was mag es wohl bedeuten, daß heute abend Manetto, der Holzschnitzer (so hieß nämlich einer, den alle den Dicken nannten), nicht gekommen ist?« Als sie antworten wollten, kam an den Tag, daß es ihm mehr als einer gesagt und keiner ihn zum Kommen hatte bewegen können, was auch immer der Grund dafür gewesen sein mochte. Der Holzschnitzer hatte seine Werkstatt an der Piazza San Giovanni[1] und gehörte damals in Florenz zu den guten Meistern jener Zunft; unter anderen Dingen hieß es von ihm, er mache sehr schöne Intarsien: manchen Aufbau für Bilderrahmen, manches Altarbild und ähnliches, worauf sich damals noch nicht jeder Holzschnitzer verstand; und er war ein überaus liebenswerter Mensch, wie es die Dicken zumeist sind; in Wahrheit neigte er ein wenig zur Einfalt; war ungefähr achtundzwanzig Jahre alt und von großem, stattlichem Körperwuchs; daher kam es, daß er im allgemeinen von jedermann der Dicke genannt wurde: seine Einfalt aber war so geartet, daß nur Verständige sie begreifen konnten, denn sie hatte eigentlich mit Dummheit wenig zu tun. Da er sich immer in dieser Gesellschaft einzufinden pflegte und an jenem Abend nicht da war, hatten die anderen Anlaß, über den Grund seiner Abwesenheit nachzusinnen; und so sie keinen anderen Grund finden konnten, kamen sie zu dem Schluß, es könne ihn nur eine seiner Grillen, die ihn bisweilen ein wenig plagten, abgehalten haben.

1 *Piazza San Giovanni* heißt der Platz, auf dem das Baptisterium und die Kirche Santa Maria del Fiore, der Dom von Florenz (mit der Kuppel von Brunelleschi) stehen.

Nachdem sie sich ein bißchen genarrt vorkamen, sie waren nämlich beinahe samt und sonders von höherem Rang und Stand als er, und zu ihrer Kurzweil nachsannen, wie sie für diese Kränkung Rache nehmen sollten, sagte der, welcher zuvor begonnen, davon zu reden: »Und wenn wir ihm einen Streich spielten, damit er das nächste Mal vernünftiger ist?« Darauf erwiderte ein anderer: »Was könnten wir ihm anderes antun, als ihm mit Hilfe einiger Schliche ein Abendessen abluchsen, dem er selbst fernbleiben muß?« In diesem Kreis befand sich auch Filippo Brunelleschi, ein Mann von so wunderbarem Talent und Verstand, daß er auch heute noch dem größten Teil der Menschen bekannt ist. Der also, damals etwa im Alter von zweiunddreißig Jahren, hatte die Wesensart des Dicken durchschaut, da er häufig mit ihm verkehrte und manchmal in aller Behutsamkeit seinen Spaß mit ihm trieb; nachdem er eine Weile nachgedacht hatte, sagte er: »Ich hätte meine Freude daran, wenn wir ihm einen ergötzlichen Streich spielten, als Rache dafür, daß er heute abend nicht gekommen, so daß wir noch viel Vergnügen und Kurzweil hätten; und wenn ihr mir das glauben würdet, so hätte ich meine größte Freude daran: ich habe nämlich eben gedacht, wir könnten ihn glauben machen, er sei ein anderer geworden und sei nicht mehr der dicke Holzschnitzer.« Dies sagte er mit einem Grinsen, das ihm von Natur aus eigen und zugleich von seinem großen Selbstvertrauen kam.. Obschon die ganze Gesellschaft Filippo als einen sehr gescheiten Mann kannte, denn als solcher erwies er sich in allem, was er anfing, und in allem, was er vollendete, und obwohl sie um die Einfalt des Dicken durchaus wußten, erschien es doch allen unmöglich, auszuführen, was er sagte; darauf Filippo seine umsichtigen und raffinierten Gründe und Argumente ins Feld führte, wozu er ein großes Talent hatte, und sie mit wenigen Worten schon überzeugte, daß man solches machen könne. So vereinbarten sie miteinander, welchen Weg sie einschlagen wollten, damit die Sache geheim bleibe, und kamen zu dem vergnüglichen Schluß, daß Rache sein müßte und er glauben sollte, er sei nun ein anderer, ein gewisser Matteo, den kannten mehrere von ihnen, und der Dicke selbst nicht weniger, er gehörte aber nicht zu dem Kreis von Vertrauten, die sich immer zum Essen zusammenzufinden pflegten; unter dem größten Gelächter von der Welt faßten einige von ihnen, nachdem sie sich ein wenig abgesondert, diesen Beschluß: je eher desto lieber.

Der Anfang dieser vergnüglichen Geschichte ließ auch nicht auf sich warten, sondern wurde schon am nächsten Abend in folgender Form gemacht. Filippo, der mit dem Dicken sehr vertraut war und alles von ihm wußte, nicht anders als dieser selbst, denn er schüttete ihm arglos sein Herz aus (sonst hätte nämlich Filippo gar nicht machen können, was er im Sinn hatte), ging also um die Zeit, um die Werkstätten solcher Art gewöhnlich geschlossen werden, da man drinnen beim Lampenschein weiterarbeitete, zur Werkstatt des Dicken, wo er schon tausendmal um dieselbe Stunde gewesen; und nachdem er dort eine Weile über dies und jenes mit ihm geplaudert, kam, wie vereinbart, ganz außer Atem ein Junge angelaufen und fragte: »Ist hier Filippo Brunelleschi?«, worauf Filippo vortrat und sagte: »Der bin ich, wozu suchst du ihn?« Darauf der Junge: »Seid Ihr es selbst, so eilt nach Hause.« Darauf Filippo: »Gott steh mir bei! Laß hören!« Der Junge antwortete sodann: »Man hat mich eiligst nach Euch ausgeschickt, und der Grund ist, daß vor zwei Stunden Eurer Mutter ein großes Unheil zugestoßen, und nun liegt sie beinahe im Sterben; also kommt sogleich!« Filippo zeigte sich sehr verwundert über das, was vorgefallen, und nachdem er sich aufs neue Gott empfohlen, verabschiedete er sich vom Dicken; der aber sagte, wie es einem Freund gebührt: »Ich will mit dir kommen, du könntest mich vielleicht brauchen, wenn es mehrere Dinge gleichzeitig zu tun gibt. In derlei Fällen darf man sich nicht schonen. Ich gehe die Werkstatt schließen und komme mit dir.« Nachdem Filippo ihm gedankt, sagte er: »Im Augenblick brauchst du nicht mitzukommen; dieser Unfall kann, glaube ich, so schlimm nicht sein, aber wenn ich dich brauchen sollte, laß ich dir's bestellen. Bleib noch eine Weile mir zur Verfügung in der Werkstatt und geh auf keinen Fall schon weg, falls ich dich brauchen sollte; doch laß ich dir dann nichts mehr bestellen, so geh deiner Wege.«

Nachdem Filippo weggegangen und den Dicken in seine Werkstatt gebannt wußte, ging er zum Schein in die Richtung seines Hauses, schwenkte aber nach einem Torbogen zum Haus des Dicken ab, das dort in der Nähe der Kirche Santa Maria del Fiore lag; nachdem er, da er sich gut auskannte, die Haustür mit einem Messer geöffnet, trat er ein und schob den Riegel vor, damit niemand mehr hineinkonnte. Die Mutter des Dicken war in jenen Tagen nach Polverosa aufs Land gegangen, um die Wäsche zu waschen, das Fleisch einzusalzen und andere fällige Arbeiten zu verrichten, und sie sollte, wie der Dicke meinte, von einem Tag auf den anderen zurücksein; das war auch der Grund, weshalb er seine Haustür so ließ, und Filippo wußte es.

Nachdem der Dicke ziemlich lange in seiner Werkstatt hingewartet und sie dann verriegelt hatte, ging er, um das Versprechen, das er Filippo gegeben, besser zu erfüllen, mehrere Male vor der Tür auf und ab und sagte: »Bei Filippo geht es wohl nicht so schlecht, und er scheint mich nicht zu brauchen.« Mit diesen Worten machte er sich auf den Heimweg; als er an seiner Haustür angelangt war, zu der zwei Stufen hochführten, wollte er nach seiner Gewohnheit öffnen; aber nachdem er es mehrmals versucht und es ihm nicht gelungen war, bemerkte er, daß jemand die Haustür von innen verriegelt hatte. Darum sagte er nach einem kräftigen Klopfen: »Wer ist denn da oben? Macht mir auf!« Es fiel ihm nämlich ein, seine Mutter könnte zurückgekehrt sein und die Haustür von innen verriegelt haben, aus Vorsicht oder in Gedanken. Filippo, der zum Treppenabsatz gekommen, sagte mit einer verstellten Stimme, die wie die Stimme des Dicken klang: »Wer ist denn unten?« Der Dicke sagte, obwohl ihm die Stimme nicht wie die seiner Mutter vorkam, sondern die eines anderen: »Hier ist der Dicke.« Da tat Filippo so, als ob der, welcher gerade gesprochen, eben jener Matteo wäre, in den sich nach ihrer Absicht der Dicke verwandelt fühlen sollte, und sagte: »Ach Matteo, geh mit Gott, ich hab eine Menge Verdruß: Als vorhin Filippo Brunelleschi bei mir in der Werkstatt war, hat man nach ihm geschickt, mit der Kunde, seine Mutter liege im Sterben; drum hab ich heute einen schwarzen Abend.« Und nachdem er sich umgewandt, tat er, als würde er zu seiner Mutter sagen: »Beeilt Euch, schafft mir ein Abendessen; sind schon zwei Tage her, daß Ihr zurücksein solltet, und nun kommt Ihr auch noch des Nachts.« Und darauf ließ er noch etliche Scheltworte folgen.

Als der Dicke hörte, wie der, der im Haus war, seine Mutter ausschalt... und es ihn nicht nur seine eigene Stimme, sondern auch seine eigene Manier dünkte, sagte er bei sich selbst: »Was soll das heißen? Mich dünkt, als ob der, welcher oben im Haus ist, ich wäre, sagte er denn nicht, Filippo sei bei ihm in der Werkstatt gewesen und man habe ihm Kunde gebracht, daß seiner Mutter etwas zugestoßen sei, und außerdem schimpft er mit Monna Giovanna und hat ganz meine Stimme: Sollte ich etwa von Sinnen sein?« Und als er zurückgetreten war, um zu den Fenstern hinaufzurufen, kam auf einmal, wie vereinbart, der Schnitzer Donatello[2] daher, ob seiner Tätigkeit allen bekannt, auch zu jener Abendgesellschaft gehörend und ein Freund des Dicken; und bei ihm angelangt, sagte er in die Abenddämmerung hinein: »Guten Abend, Matteo, suchst du den Dicken? Der ist gerade vorhin ins Haus gegangen.« Und er blieb nicht stehen, sondern ging seiner Wege. Wenn sich der Dicke

2 *Der Schnitzer Donatello*, manchmal auch Donato genannt, ist der Bildhauer Donatello, Zeitgenosse Brunelleschis und wohl größter Bildhauer im damaligen Florenz.

über das, was er vorher vernommen, gewundert, so wunderte er sich jetzt noch mehr, als er hörte, daß Donato ihn Matteo nannte. Und wie von Sinnen und so bestürzt, daß ja und nein im Kopf ihm stritten[3], stellte er sich auf die Piazza San Giovanni, indem er bei sich sagte: »Jetzt bleibe ich so lange hier stehen, bis jemand kommt und mir sagt, wer ich bin.« Dann fuhr er fort: »Oh weh! Sollte es mir wie Calandrino[4] ergangen sein, daß ich so schnell ein anderer geworden, ohne es zu bemerken?« Während er halb außer sich dastand, kamen, wie vereinbart, sechs Häscher und ein Büttel des Handelsgerichts, und einer, der so tun sollte, als wäre er der Gläubiger eben jenes Matteo, in den sich der Dicke schon beinahe verwandelt zu fühlen begann; nachdem der zuerst vor den Dicken getreten, wandte er sich den Soldaten und dem Büttel zu und sagte: »Führt den Matteo ab, er ist mein Schuldner! Siehst du, lange war ich dir auf den Fersen, jetzt hab ich dich endlich erwischt.« Die Häscher und der Büttel ergriffen ihn und schickten sich an, ihn abzuführen. Der Dicke aber wandte sich nach dem, der ihn festnehmen ließ, pflanzte sich vor ihm auf und sagte: »Was habe ich

3 *»ja und nein im Kopf ihm streiten«*: Zitat aus Dante: Göttliche Komödie, Hölle, VIII, 111.

4 *Calandrino*: die Gestalt des Düpierten bei Boccaccio; vgl. Dekameron, VIII, 3; IX, 3.

denn mit dir zu schaffen, daß du mich festnehmen läßt? Sag denen, sie sollen mich laufen lassen: Du hast mich verwechselt, ich bin nicht der, für den du mich hältst, und du begehst ein Unrecht, wenn du mir diese Schmach antust, denn ich habe nichts mit dir zu schaffen: ich bin der Dicke, der Holzschnitzer, und nicht Matteo, und ich weiß gar nicht, was für einen Matteo du meinst.« Und er wollte anfangen, handgemein zu werden, war er doch groß und sehr kräftig; aber sie packten ihn sogleich bei den Armen, und der Gläubiger blickte ihm, nachdem er vor ihn hingetreten, ganz offen ins Gesicht und sagte: »Wie! Nichts zu schaffen willst du mit mir haben? Was, ich soll nicht wissen, wer mein Schuldner ist und wer der dicke Holzschnitzer? Du stehst in meinem Schuldbuch: und obendrein habe ich das Urteil, schon seit einem Jahr oder länger. Wie? Nichts zu schaffen hast du mit mir? Und sagt auch noch, daß er nicht Matteo ist, der dreiste Kerl: Führt ihn ab: Diesmal wirst du besser zahlen, und zwar schnell: dann werden wir auch sehen, wer du bist.« Unter derlei Gezänk brachten sie ihn bis zum Handelsgericht; und da es ungefähr eine halbe Stunde vor der Abendessenszeit und schon ziemlich dunkel war, begegneten sie unterwegs niemandem, der sie erkannt hätte.

Als sie dort angelangt waren, tat der Beamte so, als

schriebe er Matteos Namen in seine Kladde (denn er war von Tomaso Pecori, mit dem er auf vertrautem Fuß stand, über alles unterrichtet) und ließ ihn ins Gefängnis bringen. Nachdem die anderen Gefangenen, die dort waren, den Lärm bei seiner Ankunft vernommen und auch, wie er mehrmals Matteo genannt wurde, empfingen sie ihn, als ob dies wirklich sein Name wäre, ohne ihn noch einmal zu fragen, denn zufällig war keiner unter ihnen, der ihn besser gekannt hätte als nur vom Sehen; als er nichts anderes sah und hörte, als daß ihn alle Matteo nannten, dünkte es ihn in seiner Verstörung beinahe sicher, daß er nun ein anderer sei. Da er gefragt wurde, warum man ihn festgenommen, sagte er: »Ich muß einem ein wenig Geld geben, und darum bin ich hier; aber morgen in aller Frühe werde ich mich aus der Klemme ziehen.« So gänzlich verworren war er schon. Die Gefangenen aber sagten: »Du siehst, wir sind beim Abendessen, iß jetzt mit uns, und morgen früh wirst du dich aus der Klemme ziehen; aber laß dir gesagt sein, hier drinnen bleibt man stets eine Weile länger, als man am Anfang geglaubt. Gott sei dir gnädig, auf daß es dir nicht so ergehe.« Der Dicke nahm die Einladung an, aber aß wenig; nachdem er gegessen, bot ihm einer den Rand seines Strohsacks an und sagte: »Matteo, leg dich für heute nacht hierher und nimm vorlieb; wenn du morgen früh schon frei bist, so ist es wohl getan, und wenn nicht, wirst du um eine Decke nach Hause schikken.« Der Dicke dankte ihm und richtete sich zum Schlafen ein, so gut es ging.

Sowie der Bursche, der in der Rolle des Gläubigers aufgetreten, alles Nötige beim Handelsgericht besorgt hatte, traf er sich mit Filippo Brunelleschi, und der bekam von ihm alle Einzelheiten über die Gefangennahme und die Einkerkerung zu hören, dann ging er wieder. Der Dicke hatte sich auf jenem Rand ausgestreckt und sagte, seinen Gedanken nachhängend, bei sich selbst: »Was soll ich tun, wenn ich wirklich Matteo geworden bin? Denn es dünkt mich ohne Zweifel so, da ich so viele Zeichen dafür gesehen und da ohne Ausnahme eines sich zum anderen fügt. Aber wer ist überhaupt dieser Matteo? Und wenn ich jetzt jemanden zu meiner Mutter nach Hause schicken würde und der Dicke ist zu Hause, wie ich ihn selbst dort gehört habe, dann werde ich, da es nun einmal so ist, zum Gespött der Leute.« Über solchen Gedanken, indem er bald überzeugt war, er sei der Dicke, bald, er sei Matteo, brütete er bis zum Morgen, so daß er kaum schlief, weil die Hirngespinste von allen Seiten über ihn herfielen. Und als er sich erhoben wie die anderen und am Guckloch der Gefängnistür stand, da er überzeugt war, daß dort jemand vorbeikommen mußte, der ihn kannte, um ihn von den Zweifeln zu erlösen, in die ihn die Nacht gestürzt hatte, betrat das Handelsgericht Giovanni Rucellai, der zu der bewußten Tischgesellschaft gehörte, an dem Abendessen und der fröhlichen Verschwörung teilgenommen und mit dem Dicken sehr gut bekannt war; dieser machte ihm nämlich gerade einen Rahmenaufbau für ein Madonnenbild, und noch tags zuvor hatte er sich bei ihm in der Werkstatt aufgehalten, um ihn anzuspornen, und der Dicke hatte versprochen, ihm die Arbeit in vier Tagen zu geben. Als dieser beim Handelsgericht angelangt war, steckte er seinen Kopf genau in die Öffnung, wo das Guckloch des Gefängnisses war, das damals zu ebener Erde gelegen, genau dort, wo der Dicke stand; kaum daß er Giovanni gesehen, begann er ihm ins Gesicht zu blicken und zu lachen; und Giovanni, der so tat, als würde er nach irgend jemand Ausschau halten, blickte ihn an, als hätte er ihn nie gesehen, denn er war nicht mit Matteo bekannt oder verhielt sich zumindest so und sagte: »Was lachst du, lieber Mann?« Darauf der Dicke: »Über gar nichts, nein, nein«; und nachdem er sah, daß der ihn nicht erkannte, fragte er ihn: »Guter Mann, kennt Ihr einen, den man den Dicken heißt und der an der Piazza San Giovanni wohnt, also gleich dahinten, und Holzintarsien macht?« »Das fragst du mich?« sagte Giovanni und fuhr fort:

»Wie sollte ich den nicht kennen? Er ist mein vertrauter Freund, und ich will gleich zu ihm gehen, weil er eine kleine Arbeit für mich macht; hat man dich auf sein Geheiß eingesperrt?« Darauf der Dicke: »Nein, nein, bei Gott nicht.« Und fuhr fort: »Vergebt mir, wenn ich mich so vertraulich an Euch wende: tut mir doch einen Gefallen. Da Ihr ohnehin zu ihm gehen müßt, so bestellt ihm: Das Handelsgericht hat einen Freund von dir verhaftet und der fragt, ob du nicht ein wenig mit ihm sprechen könntest.« Giovanni, der ihm unausgesetzt ins Gesicht blickte und kaum sein Lachen zurückhalten konnte, sagte: »Wer bist du, denn ich muß ihm ja sagen, wer nach ihm schickt?« Er sollte nämlich gestehen, daß er Matteo sei, da Giovanni ihn später manches Mal damit ärgern wollte. Da sagte der Dicke: »Habt keine Sorge, Ihr braucht nur so zu sagen, das genügt.« Darauf Giovanni: »Ich mache es gern, wenn es so genügt.« Dann ging er; und als er Filippo getroffen, brachte er ihn lachend auf den neuesten Stand der Geschichte. Der Dicke, der am Gefängnisfenster stehengeblieben war, sagte bei sich: »Heute ist es ganz sicher, daß ich nicht mehr der Dicke bin. Hat mich denn Giovanni Rucellai nicht unentwegt angesehen, und erkennt mich nicht, doch kommt er zu jeder Tageszeit in meine Werkstatt, aber von Sinnen ist er nicht! Ich bin gewiß nicht mehr der Dicke und bin Matteo geworden; verflucht sei mein Geschick und mein Mißgeschick! Und wenn das alles aufkommt, bin ich von Schmach und Schande bedeckt, man wird mich für wahnsinnig halten, und die Gassenjungen werden mir nachlaufen, und ich werde außer dieser noch tausend andere Gefahren laufen. Was habe ich denn mit den Schulden eines anderen zu tun und mit seinen Hehlereien, wo ich mich stets vor so etwas gehütet, und mit tausend anderen Fehlern, die mich ganz ruinieren können? Da man dies aber niemandem anvertrauen kann, kann man auch keinen Rat bekommen, und hier ist, weiß Gott!, guter Rat teuer. So geht es mir in jeder Hinsicht schlecht. Aber sehen wir zu, ob der Dicke kommt, und wenn er käme, würde ich vielleicht verstehen, was das alles bedeutet: Sollte er vielleicht ich geworden sein?« Nachdem er eine Zeitlang, so vor sich hin sinnend, gewartet hatte, ob dieser käme, zog er sich dann, da er nicht kam, zurück, um den Platz einem anderen zu überlassen, während er, die Hände ineinander verschlungen, bald auf die Bodenfliesen, bald auf die Deckenbalken starrte.

In jenen Tagen saß in demselben Gefängnis wegen seiner Schulden auch ein Richter: ein trefflicher Mann, berühmt nicht weniger als Literat denn als Mann des Rechts, dessen Namen man besser verschweigt. Dieser kannte zwar den Dicken nicht und hatte keinerlei Kunde von ihm, aber als er ihn so verdrossen und in dieser Haltung dasitzen sah und glaubte, seine Schulden lägen ihm so schwer auf der Seele, und da er seinen eigenen Fall schon ins Reine gebracht hatte und er ihm also keine Sorgen mehr bereitete, bemühte er sich, den Dicken aus Nächstenliebe zu trösten, wie man's wohl manchmal macht, und sagte: »Aber Matteo, du bist so verdrossen, daß man glauben könnte, du solltest Leib und Leben verlieren oder eine große Schmach erdulden müssen; doch, wie du selbst sagst, handelt es sich nur um eine kleine Schuld. Man darf doch bei einem Mißgeschick nicht gleich so verzagen. Warum schickst du nicht nach einem Freund oder einem Verwandten? Hast du etwa niemanden? Versuche doch zu zahlen oder sonstwie übereinzukommen, damit du wieder aus dem Gefängnis hinauskommst, und sei nicht so niedergeschlagen.« Als sich der Dicke so liebevoll und mit so guten Worten getröstet sah, sagte er nicht zu ihm, wie er zu jedem anderen gesagt hätte: »Was kümmert Ihr Euch nicht um Eure eigenen Angelegenheiten?«, sondern beschloß, was weiser war, da ihm der andere als ein ehrenwerter Mann bekannt, sich mit Ehrfurcht an ihn zu wenden, obschon er sich an jenem Ort aufhielt, und ihn voll und ganz in das, was ihm widerfahren war, einzuweihen. Nachdem er ihn in einen Winkel des Gefängnisses gezogen, sagte er zu ihm: »Mein Herr, wenngleich Ihr mich nicht kennt, kenne ich Euch gut und weiß, daß Ihr ein ehrenwerter Mann seid; da Ihr Euch meiner so gütig angenommen, habe ich beschlossen, Euch zu sagen, was mich so verdrossen macht, denn ich möchte nicht, daß Ihr oder sonst jemand glaubt, daß mich eine kleine Schuld, wenn ich auch ein armer Künstler bin, so sehr verdrießt; in Wahrheit ist es etwas anderes, das mich bedrückt, vielleicht sogar etwas, das auf der ganzen Welt noch keinem Menschen widerfahren ist.« Der Doktor staunte nicht wenig, als er das vernahm, und er hörte ihm mit großer Aufmerksamkeit zu.

Der Dicke begann von vorne und erzählte ihm bis zum Ende alles, was ihm widerfahren, wobei er nur mit Mühe seine Tränen verbergen konnte und ihn inständig um zwei Dinge bat: erstens, daß er bei seiner Ehre nie mit jemandem über diese Sache sprechen sollte; zweitens, daß er ihm Rat und Beistand geben möge, indem er hinzufügte: »Denn ich weiß, daß Ihr sehr belesen seid in vielen Dingen und daß Ihr Geschichten aus alten und neuen Zeiten und von Männern kennt, die viele Ereignisse niedergeschrieben haben. Aber ist Euch je ein ähnlicher Fall untergekommen?« Nachdem der treffliche Mann ihn angehört und die Sache sofort bei sich erwogen, war ihm klar, daß es sich um eines von zwei Dingen handeln mußte: entweder war dieser Mann nicht ganz bei Trost durch einen Überschuß an schwarzer Galle entweder wegen des gegenwärtigen Umstandes, da es ihm an Mut fehlte, oder wegen eines anderen; oder es handelte sich um einen Streich, was ja stimmte. Und um die Sache besser zu verstehen, antwortete er, er habe von vielen gelesen, die sich von einem in einen anderen verwandelt hätten, und dies sei kein so unerhörter Fall; es gebe sogar noch Schlimmeres, es gebe nämlich Leute, die wilde Tiere geworden seien, wie zum Beispiel Apuleius, der ein Esel wurde, und Aktaeon, der ein Hirsch wurde: »Und von vielen anderen steht noch geschrieben, die mir jetzt nicht einfallen«, sagte er, denn er gedachte sich ein wenig die Zeit zu vertreiben. Worauf der Dicke sagte: »Ach, das hätte ich nie gedacht.« Und er schenkte den Geschichten denselben Glauben, als wären sie wahr. Dann fügte er hinzu: »Nun sagt mir noch, wenn ich, der ich der Dicke war, Matteo geworden bin, was wird dann aus diesem geworden sein?« Worauf der Doktor erwiderte: »Er muß notwendigerweise der Dicke geworden sein; denn dies ist ein Fall von zwei Vertauschten, und da pflegt es so zu geschehen, nach dem, was ich gelesen, und nach dem, was ich bis jetzt gesehen habe, und das war so manches Mal; und anders kann es nicht sein.« »Gern würde ich ihn einmal sehen, den anderen; denn dies ist wahrhaftig ein Fall zum Lachen, wenn er einem nicht selbst passiert!« sagte der Dicke. »So ist es«, meinte der Richter und fuhr fort: »und jedesmal ist es ein großes Unglück: Gott bewahre jeden Menschen davor; hängt doch dies Schwert über uns allen. Einem von meinen Bauern ist dasselbe widerfahren.« Der Dicke seufzte sehr tief und wußte nicht mehr, was er sagen sollte, da es so war. Der Richter sagte weiter: »Etwas ähnliches liest man von den Gefährten des Odysseus und von anderen, die von Circe verwandelt wurden. Nach allem, was ich gehört und gelesen, wenn ich mich recht erinnere, ist es jedoch wahr, daß mancher wieder zu sich zurückgekommen, aber das geschieht um so seltener, je länger sich der Fall hinzieht.« So sagte er, um ihn noch mehr zu verwirren. Und der Dicke war darob bestürzt.

In der Zwischenzeit war es beinahe Mittag geworden, und er hatte noch nicht gegessen, da kamen zwei Brüder dieses Matteo zum Handelsgericht und fragten den Beamten, ob ihr Bruder, mit Namen Matteo, hier eingesperrt sei und um welche Summe es sich handle, sie wollten ihn nämlich aus dem Gefängnis holen. Der Beamte sagte ja und, indem er vortäuschte, in seinem Register nach ihm zu suchen, sagte er, nachdem er eine Weile herumgeblättert: »Er ist hier wegen einer gewissen

Summe auf Verlangen eines gewissen Herrn.« »Das ist zuviel«, sagte der eine; dann sagten sie: »Wir möchten gern einmal mit ihm sprechen, und dann werden wir Weisung geben, daß für ihn bezahlt wird.« Als sie dann vor dem Gefängnis standen, sagten sie zu einem, der am Gitterfenster stand: »Sag doch dem Matteo dort, hier seien seine zwei Brüder und er möge einmal hierher kommen.« Und als sie in die Ecke blickten, erkannten sie nur zu gut jenen Doktor, der zu ihrer Verwunderung mit dem Dicken sprach. Der Dicke fragte, nachdem er ihre Botschaft gehört, den Doktor, wie es seinem Bauern später ergangen, und da er erwiderte, der sei nie wieder zu sich zurückgekommen, trat der Dicke mit doppelter Sorge ans Gitter und begrüßte sie: worauf der ältere der zwei Brüder zu sprechen begann: »Wieder eine von deinen gewohnten Spitzbübereien, Matteo«, ihm unentwegt ins Gesicht blickend. »Du weißt, wie oft wir dir schon wegen deiner schlimmen Sitten ins Gewissen geredet und wie oft wir dich schon aus diesem Gefängnis und anderen herausgeholt, aber es hilft gar nichts, wenn du es gesagt bekommst, denn du treibst es immer schlimmer. Wie wir das schaffen sollen, weiß Gott allein; denn du hast seit einiger Zeit schon einen Schatz aufgezehrt. Und hat man je etwas Gutes gesehen in deiner Verschwendung? Nein, auf die Straße geworfen und vergeudet hast du das Geld; ganz zu schweigen davon, daß man sich an jedem Spieltisch über dich lustig macht: Wird's dir denn nicht halb gestohlen? Und wir haben die Strafen auszustehen, und auch die Schande ist unser, denn du fürchtest sie ja nicht; scheinst du doch alles zu tun, um deinen Nächsten zu entehren, und glaubst deine Sache gerechtfertigt, indem du sagst: ›Du hast mich verwechselt.‹ Du bist doch kein Kind mehr. Und aus dem Knabenalter bist du längst. Aber eins laß dir gesagt sein, wenn es nicht um unsere Ehre ginge und wenn unsere Mutter, die uns mehr am Herzen liegt als du, denn sie ist alt und gebrechlich, nicht darauf bestünde, dann wäre diesmal das Maß voll gewesen, und wir hätten dich im Stich gelassen; aber laß es dir gesagt sein, ein für allemal, wenn du je wieder in dieselbe Falle gehst, dann geschehe was wolle, du wirst geraume Zeit länger hier bleiben, als dir lieb ist. Das mag dir für heute genügen.« Nachdem er eine Weile in Gedanken verharrt war, ohne etwas zu sagen, fuhr er fort: »Und damit nicht jedermann sieht, daß du täglich solches Zeug anstellst, kommen wir heute abend hierher ungefähr beim Angelusläuten, wenn weniger Leute auf der Straße sind, damit unsere Misere nicht stadtbekannt wird und wir uns deiner Missetaten nicht so schämen müssen.« Der Dicke redete freundlich mit ihnen, denn jetzt zweifelte er nicht mehr daran, daß er wirklich Matteo war; machten doch die beiden ihren Beutel für ihn auf und hatten ihm außerdem immerfort ins Gesicht geblickt, und dunkel war es auch nicht gewesen; und da sie sagten, sie würden sich in Zukunft auf keinen Fall mehr um seine Angelegenheiten kümmern und er solle sich andere Manieren angewöhnen, als man bis jetzt bei ihm gesehen, und nicht mehr auf dieselbe Weise weiterleben wie bisher, und sollte er je wieder in seine alten Fehler zurückfallen, würden sie ihn, ihre Mutter und jedes Mittel, das er zu seiner Rettung verwende, nur verlachen, da fand er sich damit ab, nun in jeder Hinsicht Matteo zu sein, indem er sie um Gottes Willen bat, ihn abzuholen, sobald die Zeit gekommen sei; und sie sagten, das würden sie tun, und gingen weg. Er ging wieder zurück zu jenem Doktor und sagte zu ihm, während er ihn nahe zu sich heranzog: »Es wird immer toller: nun sind auch noch zwei Brüder jenes Matteo zu mir gekommen, dieser Matteo, an dessen Stelle ich jetzt bin, oder wie ich sonst sagen soll.« Und er blickte dem Richter ins Gesicht. »Und beide haben von Angesicht zu Angesicht mit mir gesprochen und beim Tageslicht, wie Ihr selbst sehen konntet, nicht anders, als wäre ich Matteo; und nach einer langen Ermahnung haben sie zu mir gesagt, beim Angelusläuten würden sie wieder kommen und mich abholen.« Und weiter:

»Noch vor kurzem hätte ich so etwas nie geglaubt, aber durch Eure Worte habe ich Klarheit bekommen.« Darauf sagte er noch: »Also dann wurde jener Bauer nie mehr derjenige, der er zuerst gewesen?« »Nie mehr, der arme Teufel«, sagte der Richter. Der Dicke stieß einen tiefen Seufzer aus, dann sagte er noch: »Nun, sie holen mich wohl hier heraus: aber wohin soll ich dann gehen und wo werde ich wohnen? Zu mir nach Hause kann ich nicht zurück. Aber wo bin ich denn zu Hause? Das ist das Allerschönste. Versteht Ihr mich?« Und dabei sah er den Richter an: »Wenn nämlich dort der Dicke ist – und der ist sicher dort, denn ich habe ihn mit meinen eigenen Ohren gehört –, was soll ich dann sagen, um nicht für närrisch oder genarrt zu gelten? Ihr wißt genau: ich gehe in das Haus, als wäre es meines, dort wird aber ganz zufällig der Dicke sein und wird sagen: ›Ist dieser denn wahnsinnig geworden?‹ Und wenn er nicht da ist, sondern erst später nach Hause kommt, wie sieht es dann aus? Wer darf dort bleiben, und wer muß weggehen?« Und dann fügte er noch hinzu: »Ihr müßt wissen: wenn ich nämlich nicht zu Hause gewesen wäre, hätte mich meine Mutter doch suchen lassen und gefunden, selbst wenn ich auf einem Stern gewesen wäre. Aber da sie den Dicken vor sich sieht, ist ihr dieser mein Umstand nicht bekannt.« Der Richter konnte sein Lachen kaum mehr zurückhalten, und sein Vergnügen war unvorstellbar: »Geh nicht hin«, sagte er, »sondern geh mit denen, die sagen, daß sie deine Brüder sind, und sieh dir mal an, wohin sie dich führen und was sie mit dir machen. Was kannst du dabei verlieren? Bezahlen sie doch für dich, was zu entrichten ist.« »Das ist wahr«, sagte der Dicke, und der Richter fuhr fort: »So wirst du aus dem Gefängnis kommen, und wer weiß, ob es dir nicht besser geht, wenn du ihr Bruder bist; die sind vielleicht reicher als du.«

Als es unter solcherlei Reden allmählich Abend wurde, kam es dem Richter vor, als wollte er sich schon seit tausend Jahren von ihm entfernen, um endlich herauszulachen; denn er konnte sich auf keine Weise mehr zurückhalten. Die, welche sich die Brüder des Dicken nannten, waren unter ständigem Gelächter die ganze Zeit über im Handelsgericht geblieben; sie warteten, bis es Zeit für ihn wurde, und hatten gesehen, wie der Prozeß jenes Richters abgeschlossen wurde, und dann sahen sie ihn so ehrenwert hinausgehen, daß es nicht anders schien, als wäre er beim Richter gewesen, um mit ihm, wie es öfter vorkommt, wegen irgendeines kleinen Mandanten zu verhandeln, und dann sahen sie, wie er sich entfernte. Nachdem sie vorgetreten waren, der Beamte sich wieder auf seinen Stuhl gesetzt und so tat, als wäre der Gläubiger und die Gerichtskasse bezahlt, erhob er sich wieder von seinem Sitz, nahm die Gefängnisschlüssel und sagte, vor dem Gefängnis stehend: »Welcher ist denn Matteo?« Und der Dicke sagte, nachdem er vorgetreten: »Der bin ich, mein Herr«, nicht mehr daran zweifelnd, daß er Matteo geworden war. Der Beamte blickte ihn an und sagte: »Diese deine Brüder haben deine Schulden und alles übrige für dich bezahlt, also bist du jetzt frei«, und nachdem er die Gefängnistür geöffnet, sagte er: »Geh hin!« Als der Dicke draußen und es schon ziemlich dunkel war, dünkte es ihn sehr angenehm, aus dem Gefängnis gekommen zu sein, ohne sein Geld hingelegt zu haben. Und da er den ganzen Tag nichts gegessen, hatte er im Sinn gehabt, nach Hause zu gehen, sobald er draußen wäre; aber als er sich dann erinnerte, daß er am Abend vorher, bei sich zu Hause den Dicken gehört hatte, besann er sich eines anderen und folgte dem Rat des Richters und entfernte sich mit den beiden Brüdern, die in Santa Felicita, am Anfang der Costa[5] zu Hause waren. Und während sie so miteinander gingen, schalten sie ihn unterwegs liebevoll, nicht so hart, wie sie sich im Gefängnis gezeigt hatten, und berichteten ihm von dem Kum-

5 *Costa*: Costa San Giorgio; zum Forte Belvedere hochführende Straße jenseits des Arno, die bei der Kirche S. Felicita beginnt.

mer, den er seiner Mutter verursacht habe, und sie erinnerten ihn an seine Versprechungen von früher, nun ein anderes Leben zu führen. Als sie ihn fragten, wie es gekommen sei, daß er gesagt habe, er sei der Dicke, ob das geschehen sei, weil er es wirklich glaube, oder ob es geschehen sei, damit die anderen glaubten, sie hätten ihn verwechselt, und ihn dann freiließen, wußte der Dicke nicht, was er antworten sollte, und er schwieg und begann es zu bereuen, daß er mit ihnen gegangen war. Hart dünkte es ihn, bekennen zu müssen, er sei Matteo; indem er sich aber andererseits sagte: »Wenn ich wieder sage, daß ich der Dicke bin, dann wollen sie mich vielleicht nicht und ich habe kein Zuhause mehr, weder bei ihnen noch bei mir«, versprach er ihnen, seine Lebensweise zu ändern, und auf das, was sie vom Dicken gesagt hatten, antwortete er nicht, sondern ließ sich Zeit. Und darüber langten sie zu Hause an; als sie angekommen, gingen sie mit ihm in ein Zimmer zu ebener Erde und sagten zu ihm: »Bleib hier, bis es Zeit zum Abendessen wird«, als wollten sie ihn jetzt nicht zur Mutter führen, um sie nicht zu betrüben. Da dort schon ein Feuer im Kamin brannte und ein gedecktes Tischchen stand, blieb einer von ihnen mit ihm am Feuer sitzen, während der andere zum Pfarrer von Santa Felicita ging, zu dessen Pfarrei sie gehörten und der ein rechtschaffener Mann war, und sagte: »Ich komme mit Vertrauen zu Euch, zuerst, weil die Nachbarn immer zueinander gehen sollten, aber auch, weil Ihr mein und unser geistlicher Vater seid. Wir sind drei Brüder: Ihr sollt genaue Kunde von uns haben, damit Ihr uns desto besser helfen könnt, hier ganz in Eurer Nähe, wie Ihr vielleicht wißt.« »Ja«, sagte der Pfarrer, der die Brüder von ungefähr kannte. Und der andere fuhr fort: »Einer von uns heißt Matteo, der wurde gestern seiner Schulden halber vom Handelsgericht eingesperrt; und weil es nicht das erste Mal ist, daß wir ihn wieder herausgeholt haben, ist er ganz melancholisch geworden, und uns kommt es vor, als wäre er schon halb außer sich, und als hätte ihn dieser Umstand verstört, obwohl er in allen anderen Dingen der Matteo ist, den wir kennen oder doch beinahe der. Was ihm fehlt ist dies: Er hat sich in den Kopf gesetzt, er sei nun ein anderer geworden, sei nicht mehr Matteo. Aber das Tollste daran habt Ihr noch nicht gehört! Er sagt sogar, er sei der Dicke, ein Holzschnitzer, den er freilich kennt, der seine Werkstatt hinter der Piazza San Giovanni hat und sein Haus an der Längsseite von Santa Maria del Fiore; wir haben (mit ihm zusammen) mehrmals versucht, seinen Kopf von diesen Grillen zu befreien, aber wir konnten nichts ausrichten. Deshalb haben wir ihn aus dem Gefängnis geholt, nach Hause zurückgebracht und in ein Zimmer gesetzt, auf daß draußen niemand seinen Wahnwitz vernehme; denn Ihr wißt, wenn jemand einmal solche Anzeichen zeigt, der mag später wieder so vernünftig werden, wie er will, er bleibt doch immer der Narr. Und außerdem, wenn ihn unsere Mutter zu Gesicht bekäme, bevor er wieder zu sich gekommen, es könnte ihr etwas zustoßen, was weiß ich? Frauen sind nicht so beherzt, und sie ist alt und gebrechlich. Darum bitten wir Euch zum Schluß, Ihr möget aus Nächstenliebe in unser Haus kommen (wir kennen Euch als einen rechtschaffenen Mann und wissen, daß Ihr guten Herzens seid und Euch hüten würdet, eine solche Schande unter die Leute zu bringen; aus diesem Grund haben wir keinen anderen um Beistand gebeten) und Ihr möget Euch darauf verwenden, seinen Kopf von dieser Grille zu befreien, und wir werden Euch für immer dankbar sein, und Gottes Lohn ist Euch sicher; ohnedies müßt Ihr Euch um die Gesundheit seiner Seele kümmern, denn er gehört zu Euren Schäfchen und Ihr müßt einst Rechenschaft über ihn ablegen: denn wenn er den Verstand verloren hat und er im Stand der Todsünde wäre und sterben würde, ohne wieder zu sich zu kommen, dann wäre er wohl auf ewig verdammt.« Der Geistliche antwortete, das sei wahr, es sei seine Pflicht, er wolle es nicht nur tun, sondern sich auch bemühen, so gut es ginge. Und es ist wahr, daß er, abgesehen von seiner Pflicht hilfsbereiten Wesens war. Nachdem er sich eine Weile besonnen, sagte er: »Es könnte dergestalt sein, daß meine Mühe nicht vergeblich wäre: führt mich zu ihm.« Darauf fügte er noch hinzu: »Wenn er nicht von der gefährlichen Sorte ist.« »Nein, bei Gott nicht«, sagte der andere. »Ach, ich verstehe Euch, Ihr wollt sagen, Ihr meint, ob er vielleicht rasend ist.« »Das weißt du wohl«, sagte der Pfarrer, »Leute dieser Art würden vor einem Geistlichen nicht haltmachen, verschonen sie ja nicht einmal den eigenen Vater, denn ihnen erscheint alles anders, als es ist.« »Hochwürden, ich verstehe Euch«, sagte der andere, »und Ihr habt recht, mich danach zu fragen; aber bei ihm handelt es sich, wie ich Euch sage, eher um eine Verstörung denn um Raserei, und weder Ihr noch sonst jemand würde ihm von außen sein Gebrechen ansehen; und wenn er rasend geworden wäre, hätten wir fürwahr schon jede Hoffnung aufgegeben und würden uns nicht mit solchem Eifer bemühen, denn selten oder nie kommt so einer wieder zu sich. Von ihm läßt sich eher sagen, er sei ein wenig vom Weg abgekommen, als er habe sich gänzlich verirrt; und wir möchten gern, daß unsere Mutter nichts davon erfährt; und weil wir zuversichtlich sind, deswegen handeln wir so.« »Wenn dem so ist, dann will ich ihn sehen«, antwortete der Geistliche, »und tun, was in meinen Kräften steht; wenn es nämlich so um ihn steht, ist das die Pflicht eines jeden; und ich verstehe auch, in welcher Gefahr Eure Mutter schwebt, wie Ihr sagt, und diesen Kummer soll sie nicht erleben, wenn es geht.« Deswegen führte er ihn zu sich nach Hause und in das Zimmer, wo sich der Dicke aufhielt.

Als ihn der Dicke erblickte, der seinen Gedanken nachhängend dasaß, stand er auf, da er den Priesterrock erkannt; der Geistliche sagte: »Guten Abend, Matteo.« Und der Dicke antwortete: »Guten Abend und ein gutes neues Jahr.« »So sagst du zu mir?« sprach der Geistliche, und es kam ihm vor, als hätte er ihn schon geheilt: dann ergriff er seine Hand und sagte: »Matteo, ich bin gekommen, um ein wenig bei dir zu verweilen.« Dann setzte er sich ans Feuer und zog ihn mit der Hand neben sich auf einen Schemel; als er sah, daß er nicht auf seinem Starrsinn, der Dicke sein zu wollen, beharrte, wie ihm gesagt worden war, begann er ein wenig Hoffnung zu schöpfen, und, indem er dem, der ihn ins Zimmer geführt, durch Winke zu verstehen gab, daß bis jetzt keine anderen Zeichen als gute sichtbar seien, bedeutete er ihm auch, er solle draußen bleiben; was der andere auch tat. Dann begann der Geistliche dergestalt zu sprechen: »Es muß dir bekannt sein, Matteo, daß ich dein Pfarrer bin und dein geistlicher Vater; es ist unsere Pflicht, alle unsere Pfarrkinder zu trösten, wo wir können, an Leib und Seele. Ich vernehme Dinge, die mir sehr mißfallen, nämlich, daß du, wie es scheint, dieser Tage deiner Schulden halber im Gefängnis gewesen bist. Du solltest einsehen, daß dies weder für dich noch für die anderen etwas Unerhörtes ist, noch so aussehen soll; denn auf dieser Welt gibt es jeden Tag derartige, kleinere und größere, unerhörte Dinge, und man muß sich immer mit Geduld wappnen; dies sage ich dir, weil ich höre, daß du darüber so melancholisch geworden und beinahe dem Wahnwitz verfallen. Aber ein wackerer Mann macht es anders, er schützt sich mit dem Schild der Geduld und der Vorsehung, so gut es möglich und wo es nötig, vor allem; und das ist vernünftig. Doch, was für eine Unvernunft ist das, was du, wie ich unter anderem höre, vollbracht hast oder vollbringst, indem du nämlich sagst, du seiest nicht mehr Matteo und möchtest unbedingt ein anderer sein, nämlich einer, der der Dicke genannt wird und der Holzeinlegearbeiten macht, und du ließest dich für diesen deinen Starrsinn verhöhnen, was dir kaum zur Ehre gereicht? Wahrhaftig, Matteo, du bist sehr zu tadeln, da dich eine kleine Unbill so sehr verdrießt, daß du sogar von Sinnen zu sein scheinst. Wegen sechs Gulden! Oh, ist denn das etwas so Großes? Noch dazu, wo sie jetzt bezahlt sind! Mein lieber Matteo«, sagte der Geistliche und drückte ihm dabei die Hand, »ich will nicht, daß du so weitermachst; und aus Liebe zu mir (und um deiner Ehre willen und der deiner Angehörigen, die mir als sehr treffliche Leute erscheinen) mußt du mir versprechen, daß du fortan von dieser Grille läßt und dich um deine Angelegenheiten kümmerst, wie es alle ehrenwerten Leute und die anderen Menschen, die bei Sinnen sind, auch machen; und Gott befohlen, denn auf ihn hofft niemand vergeblich. Daraus wird folgen, daß du dir selbst und diesen deinen Brüdern und jedem, der dir wohlgesinnt, und auch mir Freude und Ehre bereitest. Aber sag, ist denn dieser Dicke ein so großer Meister oder so reich, daß du lieber er sein willst als du selbst? Welchen Vorteil versprichst du dir denn davon? Und setzen wir einmal voraus, dieser Dicke sei ein angesehener Mann und reicher als du (nach dem, was die Deinen sagen, steht er allerdings einige Stufen unter dir): indem du sagst, du seiest er, hast du doch noch lange nicht seinen Reichtum und seinen Rang, so er solches hätte. Mach es in diesem Fall, wie ich es dir sage, denn ich rate dir, was dir frommt. O weh! zudem sag ich dir: wenn dir davon gerüchtweise etwas haften bliebe, dann kämest du in die Gefahr, daß dir die Gassenjungen nachlaufen, wodurch du dein ganzes Leben in Schimpf und Schande zubringen müßtest: dies wäre dann dein Gewinn. Ich verspreche dir, deinen Brüdern gute Kunde von dir zu geben und sie zu erfreuen, damit sie dich lieben und dir immerzu helfen wie einem guten Bruder. Nun Mut, Matteo, sieh zu, daß du wieder ein Mensch wirst und kein Tier bleibst, und laß ab von diesen Flausen: Was Dicker oder nicht Dicker? Mach es so, wie ich dir sage, denn ich meine es mit dir gut.« Und er blickte den Dicken mild an. Nachdem dieser gehört hatte, mit wieviel Liebe der Pfarrer zu ihm von der Sache sprach und wie er die passenden Worte fand, zweifelte er nicht mehr daran, Matteo zu sein, und im selben Augenblick antwortete er ihm, er würde zusehen, so gut er könnte, nach seinen Worten zu handeln, denn er sehe ein, daß alles, was er gesagt habe, zu seinem Wohl sei. Er versprach ihm, von nun an alles zu tun, um nie mehr zu glauben, er sei der Dicke, wie er bis zu diesem Augenblick geglaubt habe, außer er würde sich wieder in den Dicken zurückverwandeln; aber eine Gnade bitte er sich von ihm aus, wenn es möglich wäre, und das wäre, daß er einmal mit dem Dicken reden wolle, aus gutem Grund; denn wenn er mit ihm rede, so dünke es ihn, er könne sich leicht alles aus dem Kopf schlagen; wenn er aber nicht mit ihm zusammenkomme und nicht mit ihm rede, so zweifle er daran, daß er sein Versprechen würde halten können. Darauf lachte der Geistliche und sagte: »Mein lieber Matteo, all das ist gegen dein Wohl. Ich sehe, daß du die Sache immer noch im Kopf hast. Was soll das heißen: Außer ich würde mich in den Dicken zurückverwandeln? Das verstehe ich nicht. Warum solltest du mit dem Dicken reden? Was hast du denn mit ihm zu tun? Je mehr du nämlich davon sprichst und mit je mehr Leuten, desto mehr verbreitest du die ganze Geschichte, und desto schlimmer wird es, und desto mehr richtet sie sich gegen dich.« Soviel sagte er noch, daß er ihn zuletzt überzeugte, er müsse nicht mit dem Dicken reden, aber trotzdem gestand er es ihm nur ungern zu. Der Geistliche ging weg und sagte den Brüdern, was er zu ihm gesagt hatte und was er ihm geantwortet und zuletzt zu tun versprochen, obwohl er es ihm nur widerstrebend zugestanden habe, nur weil er ihm gut zugeredet, es sei ihm aber nicht alles klar, er wisse nicht, ob er sein Versprechen halten würde, aber er habe getan, was in seinen Kräften stehe. Einer der zwei Brüder legte ihm eine Silbermünze in die Hand, um die Sache glaubwürdiger erscheinen zu lassen, dankte ihm für sein Werk und bat ihn, er möge zu Gott beten, damit sein Bruder wieder gesunde. Der Pfarrer öffnete die Hand und drückte sie dann fest zu, verabschiedete sich von ihnen und ging zur Kirche zurück.

Während sich der Geistliche beim Dicken aufgehalten hatte, war insgeheim Filippo Brunelleschi gekommen, und unter dem größten Gelächter von der Welt ließ er sich, weit von dem besagten Zimmer entfernt, von einem der Brüder alles berichten, was inzwischen geschehen, wie er das Gefängnis verlassen, was er unterwegs und später gesagt; und indem er ihm dies alles sagte, erzählte er auch von dem Richter, den sie im Gefängnis mit dem Dicken hatten sprechen sehen, und auch, daß sie jenen dann hätten frei herauskommen sehen; Filippo merkte sich alles gut und verstaute es in seinem Gedächtnis, zusammen mit dem, was ihm der Gläubiger gesagt, der ihn hatte festnehmen lassen. So er in einem Phiölchen einen Trank mitgebracht hatte, sagte er zu dem Bruder: »Seht zu, ihm, während ihr zu abend eßt, dies zu trinken zu geben, im Wein oder wie ihr sonst wollt, nur merken soll er's nicht. Das ist ein Schlaftrunk, der ihn in so tiefen Schlaf versenken wird, daß er, selbst wenn man ihn durchprügeln würde, etliche Stunden nichts davon spürte.« Nachdem diese Vereinbarung getroffen war, ging er weg.

Ins Zimmer zurückgekehrt, setzten sich die Brüder mit dem Dicken zu Tisch, nachdem es schon halb vier[6] vorbei war; während des Essens gaben

6 *halb vier*: das heißt dreieinhalb Stunden nach Sonnenuntergang; in Florenz war damals die Zeit nach Sonnenaufgang und Sonnenuntergang geregelt.

sie ihm den Trank, der weder unangenehm noch bitter schmeckte, dergestalt, daß er nichts merkte. Nach dem Abendessen saßen sie ein wenig am Feuer, wobei sie immer noch von seinen schlimmen Gepflogenheiten sprachen und ihn baten, er möge zu seinem Wohl und zu seiner Freude von diesen Gepflogenheiten ablassen, vor allem aber aus Liebe zu ihnen und zu ihrer Mutter dem Wahnwitz entsagen, er sei ein anderer geworden; er solle sich nicht wundern, wenn sie ihn darum bäten, denn dieser schade ihnen selbst beinahe nicht weniger als ihm, es sei neulich schon geschehen, daß einer von ihnen, als er, um das Geld für ihn zu beschaffen, über den Neuen Markt gegangen, hinter seinem Rücken habe sagen hören: »Siehst du den? Der ist wahnsinnig geworden, er hat vergessen, wer er ist, und jetzt glaubt er, er sei ein anderer geworden.« Freilich hatte dann ein anderer gesagt: »Nein, das ist nicht er, sondern sein Bruder.« Während sie so redeten, begann der Schlaftrunk seine Wirkung zu tun, so daß der Dicke kaum mehr die Augen offen halten konnte, wozu die beiden sagten: »Matteo, du scheinst vor Müdigkeit umzufallen. Du mußt in der letzten Nacht wenig geschlafen haben.« Womit sie ins Schwarze trafen. Der Dicke erwiderte: »Meiner Treu, so müde bin ich mein Lebtag noch nicht gewesen.« Darauf sagten sie: »Geh nur ins Bett, wenn es dir beliebt.«

Kaum hatte er sich fertig ausgekleidet und zu Bett gelegt, da war er schon eingeschlafen, dergestalt, wie Filippo gesagt hatte, auch wenn man ihn weichgeprügelt, er hätte nichts gespürt; und er schnarchte wie ein Schwein.

Um die vereinbarte Stunde kam Filippo Brunelleschi mit sechs Gefährten, denn der Schläfer war groß und stattlich, alle sechs gehörten zu der Tischgesellschaft im Hause Pecori und waren kräftige Gestalten, ergötzlich und lustig, denn sie wollten bei diesem Spaß nicht fehlen, da sie von Anfang an mitgespielt und Filippo ihnen mit dem größten Vergnügen von der Welt den Gang der Geschichte weitererzählt; sie betraten also das Zimmer, in dem er lag, und da sie vernahmen, wie tief er schlief, ergriffen sie ihn und legten ihn in einen Korb mitsamt all seinen Kleidern und brachten ihn zu sich nach Hause; zum Glück war seine Mutter noch nicht vom Land zurück, aber sie wußten Bescheid, denn sie wachten über allem. Sie brachten ihn zu Bett und legten seine Kleider, wohin er sie zu legen pflegte; ihn aber legten sie mit den Füßen dahin, wo er mit dem Kopf zu liegen pflegte; nachdem das vollbracht, nahmen sie den Werkstattschlüssel, der an seinem Haken hing, und gingen zur Werkstatt, und als sie drinnen waren, legten sie jedes einzelne Werkzeug an einen anderen Platz; und so ähnlich machten sie's mit den Eisenteilen der Hobel, die zogen sie nämlich heraus und kehrten die Klingen um, und so machten sie's mit den Griffen der Hämmer, und bei den Sägen steckten sie die Zacken nach innen, und ähnlich machten sie's bei allen möglichen Geräten in der Werkstatt und kehrten das Unterste zuoberst, so daß es aussah, als hätten die Teufel ihr Unwesen getrieben: und nachdem sie solchermaßen Unordnung gestiftet hatten, schlossen sie die Werkstatt wieder ab und brachten den Schlüssel ins Haus des Dicken zurück und hängten ihn an den Platz, wo ihn der Dicke hinzuhängen pflegte; als sie wieder draußen waren und die Haustür abgeschlossen hatten, gingen sie alle nach Hause in ihre Betten.

Von dem Schlaftrunk betäubt, schlief der Dicke die ganze Nacht, ohne jemals aufzuwachen. Aber am Morgen beim Angelusläuten von Santa Maria del Fiore erwachte er, da der Trank aufgehört hatte zu wirken, als es schon Vormittag war; und nachdem er die Glocke erkannt, die Augen geöffnet und einen Lichtschein im Zimmer gesehen, erkannte er, daß er zu Hause war, und er war sogleich in der Seele froh, denn ihn dünkte, als sei er nun wieder der Dicke und Herr aller seiner Dinge, die er vordem schlimmer als verloren geglaubt hatte; beinahe weinte er vor Glück und wollte schier aus der Haut fahren; doch lag er zu seiner Verwunderung und Verstörung verkehrt im Bett, mit dem Kopf am Fußende; da er sich an alles erinnerte, was geschehen und wo er sich am Abend zu Bett gelegt, und sah, wo er sich jetzt befand, verfiel er sogleich in einen Zwiespältigkeitswahn: Hatte er jenes geträumt, oder träumte er jetzt? Da ihn aber das eine wie das andere wahr dünkte, sah er sich im Zimmer um und sagte: »Dies ist doch mein Zimmer, als ich der Dicke war, aber seit wann bin ich hier?« Bald faßte er sich mit der einen Hand an den anderen Arm, bald umgekehrt, bald faßte er sich an die Brust, wobei er sich sagte, er könne nur der Dicke sein. Dann dünkte es ihn wieder anders: »Wenn es so ist, wie ging es dann zu, daß ich als Matteo verhaftet wurde? Ich erinnere mich doch, daß ich im Gefängnis war und niemand einen anderen in mir sah als Matteo, und daß ich herausgeholt wurde von jenen zwei Brüdern, daß der Pfarrer von Santa Felicita lange mit mir redete, daß ich dort zu Abend aß und mich schlafen legte, als ich auf einmal todmüde wurde.« Und aufs neue war er in größter Verwirrung und wußte nicht, ob er geträumt hatte oder jetzt träumte; und wieder begann sich sein Gemüt zu verdüstern, aber so, daß immer ein Funken Freude darin schimmerte, denn er erinnerte sich an das, was jener Richter im Gefängnis zu ihm gesagt hatte, und er glaubte, er müsse doch eher wieder der Dicke geworden sein als sonst jemand; und obwohl er sich an alles Geschehene erinnerte, von der Festnahme bis zu dem Moment, als er sich am Abend vorher niedergelegt hatte, kümmerte es ihn nicht, denn er war ja wieder der Dicke, es dünkte ihn eher, alles hätte eben seinen Lauf genommen. Dann wandte sich sein Gemüt wieder den Dingen zu, die vorher geschehen waren, und wandelte sich, und wieder sagte er bei sich: »Wer weiß, ob ich jene Dinge geträumt habe, oder ob ich jetzt träume?« Und nach einigen Seufzern, die ihm aus tiefstem Herzen kamen, sagte er: »Gott helfe mir!« Nachdem er, wie in früheren Zeiten, sein Bett verlassen und sich angekleidet hatte, nahm er den Werkstattschlüssel von seinem Haken und ging in die Werkstatt, und als er aufgeschlossen, sah er, daß alle seine Werkzeuge am verkehrten Platz lagen und auch an jedem einzelnen alles verkehrt war. Da er sich noch nicht von seinen unentwirrbaren Gedanken von vorher im Zimmer losgelöst hatte, bestürmten ihn, sobald er die Bescherung gesehen, neue Gedanken, die alle alten wegwischten, und während er sich wieder an sein Mißgeschick erinnerte, aber in seinem Gemüt nicht genau entscheiden konnte, ob er wachte oder träumte, ihm aber wieder freudig zumute wurde, weil er wieder der Dicke war und wieder über alle seine Dinge gebot, da kamen auf einmal die zwei Brüder Matteos des Weges; als sie ihn so unschlüssig dastehen sahen, taten sie, als würden sie ihn nicht kennen, und der eine sagte: »Guten Tag, Meister.« Der Dicke, der sich umwandte und sie erkannte, sagte, ohne den Gruß zu erwidern und ohne sich kurz eine Antwort zu überlegen oder mit sich zu Rate zu gehen: »Was sucht ihr denn?« Der eine erwiderte: »Die Wahrheit ist, daß wir einen Bruder haben, der Matteo hieß, der ist seit ein paar Tagen ein wenig närrisch, weil er seiner Schulden halber ins Gefängnis gekommen war. Es ist eine Schande für uns, aber so ist es; und außerdem sagte er auch, er sei nicht mehr Matteo, dies ist nämlich sein Name, sondern er sei der Meister dieser Werkstatt hier, der, wie es scheint, der Dicke genannt wird; obwohl wir ihm ins Gewissen geredet haben und er's uns versprochen hat, läßt er sich durch gar nichts von dieser einfältigen oder törichten Idee, wie wir sie auch nennen mögen, abbringen. Gestern abend baten wir sogar unseren Pfarrer von Santa Felicita zu ihm (denn das ist unsere Pfarrei, und der Pfarrer ist ein rechtschaffener Mann), und dem hatte er versprochen, sich diese Grille aus dem Kopf zu schlagen; er aß mit dem besten Appetit von der Welt zu Abend und legte sich in unserer Gegenwart schlafen; heute früh aber, als ihn niemand hörte, ließ er die Haustür offen, es war wohl ziemlich lange vor Tag, und ging aus dem Haus. Wohin er gegangen, wissen wir nicht; darum sind wir hierher gekommen, um nachzusehen, ob er hier erschienen ist oder ob du uns Auskunft geben kannst.« Als der Dicke sah, daß dieselben Leute, die ihn tags zuvor auf ihre Kosten aus dem Gefängnis geholt und darauf in ihr Haus aufgenommen, gespeist und beherbergt hatten, ihn jetzt nicht als ihren Bruder erkannten, dünkte es ihn vollends als ein Beweis dafür, daß er wieder der Dicke war, wußte er sich doch auch aus seinem eigenen Haus gekommen; da gedachte er, die beiden zum Narren zu halten, denn ihm ging vor Freude das Hemd nicht mehr über den Arsch, und er sagte: »Ich würde nachsehen, ob man ihn ins Findelheim gesteckt hat, so er noch ein Kind ist.« Währenddessen blieb er aber nicht untätig, sondern hatte einen kleinen Hobel in der Hand, dessen Eisenteil er gerade zurechtbog; und indem er es fest in die Hand nahm (er hatte nämlich eine riesige Pranke), blickte er ihnen ins Gesicht: weswegen sie, da sie ihn nicht in der Laune antrafen, die sie erwartet, Angst bekamen, er könne es ihnen nachwerfen, und daher beschlossen, aus seinem Blickfeld zu verschwinden und sich zu verziehen.

Die Wahrheit ist, daß dem Dicken gar nicht danach zumute war; denn, nachdem jene weggegangen, konnte er sich trotz allem nicht vorstellen, wie das alles geschehen sein mochte; darum beschloß er, jetzt seine Werkstatt zu verlassen und bis zur Kirche Santa Maria del Fiore zu gehen, um mit Muße an seine Angelegenheiten zu denken und sich zu vergewissern, wer er eigentlich sei, der Dicke oder Matteo; obschon er sich, da er nun in seinem eigenen Hause wohnte und ihn die zwei Brüder nicht mehr als Matteo erkannten, seiner Sache beinahe sicher zu sein schien. Da aber aufs neue jene Zweideutigkeit in seinem Kopf herumspukte, ob es ein Traum gewesen sei oder wirklich, und wer er jetzt sei, ging er bald seinen Umhang holen, bald vergaß er darauf und wandte sich in eine andere Richtung, bald aber wieder dorthin, wo sein Umhang war, von seinen Hirngespinsten arg gepeinigt. Solange ging er hin und her, bis er zufällig auf den Umhang stieß; nachdem er die Tür hinter sich geschlossen und sich zur Kirche gewandt, erging es ihm wie mit dem Umhang, bald ging er vier Schritte vorwärts, bald drei zurück. Zuletzt begab er sich doch in Richtung der Kirche, indem er bei sich sagte: »Das ist eine seltsame Geschichte, der Richter mag sagen, was er will, ich weiß nicht, wie es so gekommen ist.« Dann sagte er: »Da alle Leute einen anderen in mir sahen, nicht einer allein, muß doch etwas Wahres an der Sache sein.« Obwohl er sich von diesen Gedanken loszureißen suchte und nur noch ergründen wollte, ob er wirklich wieder der Dicke geworden, gelang es ihm doch nicht; und was seinen Zustand betraf, fürchtete er dennoch, er könne sich wieder in denselben Matteo verwandeln oder in einen anderen. Da ihm alle diese Gedanken auf einmal durch den Sinn gingen, hätte er gern gewußt, wie es Matteo in derselben Zeit ergangen war, um endlich zu klären, ob es sich so verhielt, wie ihm der Richter gesagt hatte. Da es ihn nicht dünkte, als würde er von Leuten gesehen, die ihn mit Bedacht anblickten, ging er auf und ab, so berichtete, wer ihm begegnet, daß er aussah wie ein verwundeter Löwe.

Es war ein Werktag mit wenig Leuten auf der Straße, und niemand sah ihn an, und daher dünkte es ihn der richtige Ort, um sich selbst sein Leid zu klagen. Während er in dieser Verfassung in die Kirche hineinging, begegnete er Filippo und Donatello, miteinander ins Gespräch vertieft, wie sie es zu sein pflegten, nur daß sie diesmal einen Hintergedanken hatten, denn sie hatten dem Dicken aufgelauert und gewartet, bis sie ihn eintreten sahen. Filippo wußte, daß der Dicke keinerlei Kunde davon hatte, ob es ein Possen war oder ob es keiner war; es hätte auch nicht sein können, daß er einen Verdacht gegen sie hegte; was sie ihm angetan, erschien ihnen mit Vorsicht und im Verborgenen getan. Filippo, der sich sehr erfreut zeigte, redete, um besser so zu tun, als wäre nichts, um den Brei herum und sagte: »Meiner Mutter ging es neulich gleich wieder besser; ihr Unwohlsein war schon beinahe vorüber, als ich nach Hause kam, darum habe ich nicht nach dir geschickt; sie hat schon mehrmals dasselbe gehabt, wie es eben bei alten Leuten geht. Seitdem habe ich dich nicht mehr gesehen: Wo hast du denn gestern abend gesteckt? Hast du gehört, was dem Matteo Mannini zugestoßen ist? Ist der vielleicht wahnsinnig geworden?« Dabei wandte er sich nicht weniger an Donatello als an ihn. »Was ist denn geschehen?« fragte Donatello. Filippo antwortete: »Weißt du das nicht?« Und dem Dicken zugewandt, sagte er: »An dem Abend, als ich bei dir war, so zwischen der zweiten und der dritten Stunde, soll er hier auf dem Platz verhaftet worden sein, und mit den Häschern war auch der gekommen, der ihn festnehmen ließ (ich weiß nicht, wer es war, aber das tut nichts zur Sache), und er soll zum Büttel und zu den Häschern gesagt haben: ›Wen wollt ihr denn? Ihr habt mich verwechselt, ich habe bei niemandem Schulden, ich bin der Dicke, der Holzschnitzer, was wollt ihr denn von mir?‹« Den Dicken dünkte natürlich, was Filippo sagte, und es kam ihm keinerlei Verdacht, er könne irgend etwas von ihm wissen. Filippo fuhr so fort: »Der, welcher ihn festnehmen ließ, trat vor ihn hin, weil der Büttel zu ihm sagte: ›Hab acht auf alles, was du uns aufträgst, wir verlassen uns auf dich in dieser Sache: wenn es der hier nicht ist, gibst du dein Geld umsonst aus, denn wir wollen bezahlt werden, so nämlich, ohne zu wissen wie, könnten auch wir Ärger bekommen.‹ Der, welcher ihn festnehmen ließ, war der Schuldeintreiber eines Warenlagers, er stellte sich vor ihn hin, blickte ihm fest ins Gesicht und sagte: ›Wie er sein Gesicht verzieht, der Spitzbube!‹ Und dann, nachdem er ihn genau aufs Korn genommen, sagte er: ›Es ist trotzdem Matteo, führt ihn hinweg, er wird auch diesmal bekommen, was ihm gebührt.‹ Und während sie ihn abführten, sagte er unterwegs immer wieder, er sei der Dicke, der Holzschnitzer, wobei er, um es zu beweisen, behauptete: ›Ich habe doch gerade meine Werkstatt abgeschlossen‹ und einen Schlüssel vorzeigte« (was lauter Dinge waren, die er gemacht hatte, die genauso geschehen waren, wie Filippo von dem Burschen des Warenlagers berichtet worden war); er fuhr fort: »Und es gab einen Heidenspaß, so höre ich, zumal beim Handelsgericht. Kann es überhaupt sein, daß du nichts gehört hast? Es wurde doch das größte Gelächter von der Welt angestimmt.« Donatello stellte sich, als wüßte er von nichts; dann sagte er: »Jetzt entsinne ich mich auch, daß gestern in der Werkstatt darüber geredet wurde; aber ich war in Gedanken und in meine Arbeit versunken und gab nicht acht. Ich hörte jedoch, wenn ich mich recht besinne die Namen

Matteo und *der Dicke* und *festgenommen*, vergaß aber dann darauf zu fragen, da ich im Moment etwas anderes im Kopf hatte als den Dicken. Aber sag mir mal, Filippo, was ist denn das für eine Geschichte, denn du weißt es ja. Da muß man wirklich lachen! Also, man hat ihn festgenommen, und er wollte nicht Matteo sein? Wie ist denn das hergegangen?« Da sagte Filippo: »Oh, das kann doch nicht sein, daß es der Dicke nicht weiß. Was war denn gestern mit dir? Ist's möglich, daß niemand in deine Werkstatt kam, der es dir erzählt hätte? Ich höre doch, daß in Florenz an allen Straßenecken davon geredet wurde«, fügte er als kleinen Hieb für den Dicken dazu. »Ich war gestern dreioder viermal auf dem Weg in die Werkstatt, um mir die Geschichte zusammenzureimen, und ich weiß nicht, warum ich dann doch nicht zu dir gekommen bin.« Der Dicke blickte bald Filippo, bald Donatello an und wollte bald dem einen, bald dem anderen antworten, und mit einem Schlag blieb ihm bald da, bald dort das Wort im Mund stecken, so daß man ihm eine große Verstörung anmerken konnte, denn er wußte nicht, ob sie es ernst meinten oder ihn zum Narren hielten. Und nach einem tiefen Seufzer sagte er: »Filippo, wirklich unerhörte Dinge sind das!« Filippo erfaßte im Nu, was er damit sagen wollte, und konnte nur mit Mühe sein Grinsen zurückhalten; dann sagte er:

»Du sagst, du hättest nichts gehört; wie ist das zugegangen?« Dann wollten sie, daß er sich mit ihnen niedersetzte, um ihm behaglich zuhören zu können. Den Dicken reute es schon, ihm so geantwortet zu haben, er wußte nicht, was er tun sollte, und war in der größten Verlegenheit, denn bald dünkte es ihn, als sprächen die beiden arglos, bald das Gegenteil.
In diesem Augenblick kam Matteo des Weges, der sich unvermerkt zu ihnen gesellte, denn auch er hatte auf der Lauer gelegen (alles auf Geheiß Filippos); nun half er der Geschichte nach, kam er doch genau im rechten Augenblick, und begrüßte sie. Der Dicke wandte sich ihm zu und geriet völlig aus der Fassung und wollte schon sagen: »Gerade waren deine Brüder in meiner Werkstatt und suchten dich.« Dann aber hielt er an sich. Da sagte Filippo: »Woher des Weges, Matteo? Auch wir möchten gern über diese Sache Bescheid wissen: früher redeten nur wir von dir, jetzt tun es alle.« Donatello sagte zu Matteo: »Bist du denn neulich am Abend festgenommen worden? Sag die Wahrheit, denn Filippo hat mir erzählt...« »Ist denn noch nie jemand festgenommen worden?« sagte Matteo; dann sagte er zu Filippo, der ihm ins Gesicht blickte: »Ich komme von zu Hause.« »Oh«, sagte Filippo, »man erzählt sich, du seiest verhaftet worden.« »Ja, ich bin festgenommen worden,

man hat für mich bezahlt, und jetzt bin ich wieder auf freiem Fuß. Und jetzt bin ich sogar hier. Was zum Teufel ist denn hier los? Gibt es denn nichts anderes mehr zu bereden als meine Angelegenheiten? Den ganzen Vormittag hat mir meine Mutter die Leviten gelesen, kaum daß ich meinen Fuß ins Haus gesetzt hatte. Und meine Brüder grollen mir und sehen mich an, als würden mir Hörner wachsen, seit ich vom Land zurück bin, und sagten, als ich ihnen auf dem Weg hierher begegnete: ›Um welche Stunde bist du heute früh außer Haus gegangen und hast die Tür offen gelassen?‹ Die sind wohl samt meiner Mutter wahnsinnig geworden. Ich verstehe sie nicht; und sie reden von so etwas wie festgenommen und sie hätten für mich bezahlt: wahrhaftig närrisches Zeug.« Da sagte Filippo: »Wo bist du gewesen? Ich habe dich schon seit einigen Tagen nicht mehr gesehen.« Da sagte Matteo: »Dir, Filippo, will ich jetzt die ganze Wahrheit sagen. Es stimmt, daß ich bei einem Warenlager eine Schuld von sechs amtlichen Gulden hatte; ich habe den Mann eine Weile hingehalten, weil ich auch hingehalten wurde, denn einer aus Empoli schuldet mir acht Gulden, und ich hätte diese schon vor etlichen Tagen bekommen sollen, wie er mir zuletzt versprochen; ich hatte sie schon dafür bestimmt, und es wäre mir sogar etwas übriggeblieben. Am Samstag versprach ich meinem

Gläubiger, ich würde ihm das Geld am Dienstag zurückgeben, er könne sich darauf verlassen, da es mir der andere versprochen hatte. Da auch das Urteil zu seinen Gunsten ausgefallen war (ich hätte sie ihm nämlich schon vor einer Weile geben sollen, hatte mich aber in einer Verlegenheit befunden) und auf daß er mir nichts anhaben könnte, entschied ich mich, auf unser Landgut bei der Kartause[7] zu gehen, und dort bin ich zwei Tage geblieben, deshalb hast du mich nicht gesehen, denn ich bin erst seit einer Stunde wieder zurück, und mir ist der wunderlichste Fall zugestoßen, den ihr je gehört habt. Dienstag nach dem Essen ging ich aufs Land; und da ich nichts zu tun hatte und wir schon ewig nicht mehr auf unser Gut gegangen und dort nichts ist als ein Bett (denn wir lassen den Wein, wenn er reif ist, und so alles andere, jedes zu seiner Zeit, in die Stadt bringen), ließ ich mir unterwegs Zeit; damit es sich länger hinzog, kehrte ich in Galluzzo zweimal ein, so fiel ich unserem Bauern nicht mit dem Abendessen zur Last; nachts kam ich dort an, bat ihn um ein wenig Licht und legte mich dann zu Bett. Und was ich euch jetzt erzählen werde, ist wahrhaft zum Lachen, und mir kommen dabei alle närrisch vor (und das muß ich

7 *Kartause*: Certosa del Galluzzo vor den Toren von Florenz, in südlicher Richtung.

aufs neue sagen); ich selbst bin vielleicht noch närrischer als die anderen. Heute früh auf dem Land legte ich meine Kleider an und hatte ein Fenster geöffnet (ich werde euch die Wahrheit sagen: ich weiß nicht, ob ich jetzt träume oder ob ich geträumt habe, was ich euch erzählen werde; heute früh, Filippo, dachte ich, ich sei ein anderer. Das ist zum Lachen, aber jetzt lassen wir's); unser Bauer, der mir das Licht gebracht hatte, sagt: ›Wo habt Ihr denn gestern gesteckt?‹ ›Hast du mich denn nicht gestern abend gesehen?‹ sage ich. Und er: ›Ich nicht, wann?‹ ›Weißt du's nicht mehr? Hast du mir nicht die Lampe angezündet, die nicht brennen wollte?‹ sage ich. Darauf er: ›Ja, am Abend vorher, aber gestern abend habe ich Euch nicht gesehen und gestern den ganzen Tag nicht; ich dachte, Ihr wäret nach Florenz gegangen, und wunderte mich noch, daß Ihr mir nicht Bescheid gesagt; dann dachte ich mir, er wird wohl seinen Grund gehabt haben.‹ Also habe ich gestern den ganzen Tag geschlafen: und ich fragte den Bauern: ›Welchen Tag haben wir heute?‹ und er sagte mir, daß Donnerstag ist. Tatsächlich, Filippo, ich muß entdecken, daß ich einen ganzen Tag und zwei Nächte geschlafen habe, ohne einmal aufzuwachen: durchgeschlafen ohne Unterbrechung.«

Filippo und Donatello zeigten sich sehr verwundert und hörten mit großer Aufmerksamkeit zu.

Filippo sagte: »Dann wird dir jetzt der Hunger zu Kopf gestiegen sein.« Darauf Matteo: »Ich kann Euch sagen, jetzt käme ich vor Hunger nicht in den Schlaf.« »Dich zu Tisch zu laden, wäre wohl jetzt nicht vernünftig«, sagte Donato. Aber daß der so lange geschlafen hatte wie er selbst, das erstaunte den Dicken, und er sagte bei sich: »Ich bin heillos verloren; ich werde sicher noch wahnsinnig; das hätte ich vor drei Tagen nie geglaubt, und doch bin ich...« Und Matteo fuhr in seiner Rede fort: »Aber ich habe die wahnwitzigsten Dinge geträumt, die man je vernommen.« »Das ist ja ein Kopf ohne Hirn[8], der ließe sich sofort verspeisen«, sagte Filippo. »Und jetzt gerade begegne ich«, fuhr Matteo fort, »dem Burschen aus dem Warenlager, dem ich die sechs Gulden schulde, der bittet mich um Verzeihung und sagt, nicht er habe mich festnehmen lassen, ich wisse doch, daß er ein rechtschaffener Bursche sei: ›Ihr dauert mich, wegen der vielen Ausgaben, die Ihr gehabt‹; und soviel ich sehe, ist alles bezahlt. Mit diesen Worten habe ich in Wahrheit erst die Worte meiner Mutter und meiner Brüder verstanden, die mir närrisch erschienen waren. Wie ich euch schon gesagt, sie haben bezahlt, aber wie, das weiß ich noch nicht.

8 *»der Kopf ohne Hirn«* ist auch eine Anspielung auf ein florentinisches Gericht der damaligen Zeit: ein entzwei geschnittener Schafskopf ohne Hirn.

Ich wollte es von dem Burschen erfahren; ich soll nämlich die ganze Zeit über, die ich zu schlafen glaubte, wie es sein mag, beinahe immer im Gefängnis gewesen sein. Filippo, bring du die Sache ins Lot, denn ich allein weiß nicht, wie es mit dieser Geschichte zugegangen ist: tausend Jahre, so mein' ich, hätte ich gewartet, bis ich dir alles erzählen und mit dir darüber lachen kann.« Darauf wendet er sich dem Dicken zu und sagt: »Die meiste Zeit habe ich nämlich in deinem Haus und in deiner Werkstatt verbracht; da hast du was zu lachen mit meiner Geschichte. Ich wache auf und meine Schulden, etliche Gulden, sind bezahlt, und offenbar war ich, während ich geschlafen, ein anderer, und das weiß ich so sicher, wie ich mich jetzt unter euch sehe: Aber wer weiß, ob ich jetzt träume oder vorher.« Da sagt Donato: »Ich habe dich nicht gut verstanden, sag es noch einmal; ich hab gerade an etwas anderes gedacht. Entweder ihr macht mich auch noch närrisch oder hast du nicht gerade gesagt, du warst gestern auf dem Land?« Darauf Matteo: »Ich weiß wohl, was ich sage.« Darauf Filippo: »Er will wahrscheinlich sagen, im Traum.« Darauf Matteo: »Filippo hat mich verstanden.« Der Dicke sagte kein Wort; er war ganz verstört und hörte sehr aufmerksam zu, um zu verstehen, ob er in der Zwischenzeit der andere gewesen war. Filippo hielt sich so still wie ein Schweinchen, dem der Bauch gekratzt wird. Da sich ein Kreis um sie zu bilden schien, und bald der eine, bald der andere das Lachen kaum mehr zurückhalten konnte, mit Ausnahme des Dicken, der in seine Gedanken versunken war, sagte Filippo, indem er den Dicken bei der Hand nahm, zu allen: »Gehen wir ein wenig ins Chorgestühl, dort bleiben wir unter uns; denn das ist eine der schönsten Geschichten, die ich mein Lebtag gehört habe. Die möchte ich verstehen. Komm, Matteo, erzähle mir einmal deine ganze Geschichte; und du wirst dann von mir eine andere hören, wenn wir uns niedergesetzt, die man in der ganzen Stadt erzählt hat; denn ich merke aus deiner Erzählung, daß es nicht einunddieselbe ist.« Und in einer Ecke des Chorgestühls, wo sie einander alle bequem ansehen konnten, setzten sie sich nieder: Jener Chor war damals zwischen den zwei riesigen Pfeilern, bevor man unter die Kuppel tritt; nachdem sie ein wenig da gesessen, weil Filippo offenbar wartete auf das, was Matteo erzählen würde, und Matteo auf Filippo, fing als erster Filippo an zu sprechen, wobei er sich mehr Matteo, der seine Rolle ausgezeichnet spielte, als dem Dicken zuwandte, denn dieser sollte sich nicht verunglimpft fühlen, und lachend diese Worte sagte: »Hör, was man sich in Florenz erzählt (gerade hab ich schon den anderen berichtet, was man redet), und dann werden wir dich anhören, denn du willst wohl, daß ich zuerst rede. Man sagt, daß du am Montagabend verhaftet wurdest.« »Verhaftet? Ich?« fragte Matteo. »Ja«, sagte Filippo, »wegen deiner Schulden, von denen du uns erzählt hast.« Und sich Donato zuwendend, sagte er: »Siehst du, etwas war doch daran.« Donato sagte zu Matteo: »Das muß geschehen sein, als du neulich am Abend an die Tür des Dicken geklopft hast.« Matteo sagt: »Wann? Ich weiß nicht, ob ich je an seine Tür geklopft.« »Wie, du willst nie an seine Tür geklopft haben?« sagte Donato: »Habe ich nicht vor seiner Tür mit dir gesprochen?« Matteo machte ein verwundertes Gesicht; da redete Filippo mit Matteo weiter und sagte: »Und was du unterwegs und schon vorher zum Büttel gesagt und zu dem, der dich festnehmen ließ: ›Ihr habt mich verwechselt, ihr wollt gar nicht mich, ich habe bei niemandem Schulden‹ und du hast dich mit allen Kräften gewehrt, indem du sagtest, du seiest doch der Dicke hier. Und nun sagst du, du bist auf deinem Landgut gewesen und offenbar im Bett und hast geschlafen: wie soll das zugegangen sein?« »Man sage, was man will«, meinte Matteo, »aber du machst dich über mich lustig: ich war auf meinem Landgut, wie ich euch gesagt, um nicht festgenommen zu werden, denn ich hatte in Wahrheit Angst davor. Was Donato gerade gesagt hat, ich würde auf den Altarstein schwören, daß ich weder neulich noch je an die Tür des Dicken geklopft. Hört nun, wie es sich zugetragen, denn es ist meilenweit entfernt von dem, was ihr sagt. Ich beauftragte einen Beamten, einen Freund von mir, der im Palazzo[9] ist, mir wegen meiner Schulden einen Geleitschein auszustellen und ihn mir aufs Land schicken zu lassen, ich hätte ihn gestern bekommen sollen. Der Beamte stellte mir heute in aller Frühe einen Schein aus und schickte mir einen Büttel mit der Botschaft, in der es hieß, die Versammlung der Prioren sei nicht zusammengetreten, ein Teil von ihnen sei auf dem Land, und da keine andere Notwendigkeit vorliege, habe man die Prioren wegen eines Begleitscheins nicht eigens zurückgerufen; er fügte hinzu, ich könne ja noch einige Tage auf dem Land bleiben, wenn ich auf den Geleitschein warten wolle; aber ich bin zurückgekommen und habe freilich aufgepaßt wie ein Haftelmacher und tue es immer noch; aber nun ist ja bezahlt worden, und alles ist in Ordnung. Dies, Filippo und Donato, ist die Wahrheit. Aber was ich in der Zwischenzeit geträumt habe, ist wirklich zum Lachen, Filippo, ganz im Ernst, und mich dünkt, ich habe noch nie etwas geträumt, das mir im Traum so wahr er-

9 *Palazzo*: Palazzo Vecchio, der Sitz der Stadtregierung und der Gerichtsbarkeit.

schien. Mich dünkt, als wäre ich im Haus von diesem hier« und dabei berührte er den Dicken, »und die Mutter wäre meine Mutter; und ich plauderte so vertraut mit ihr, als wär's meine eigene, und ich aß dort und redete mit ihr über meine Angelegenheiten, und sie antwortete, und ich habe noch tausend Dinge im Kopf, die sie zu mir gesagt hat. In jenem Haus legte ich mich zu Bett, stand ich wieder auf und ging in die Holzschnitzerwerkstatt und gedachte zu arbeiten, wie ich's beim Dicken tausendmal gesehen, so oft ich bei ihm in der Werkstatt verweilte, aber mich dünkte kein einziges Werkzeug, wie es sein sollte, und so brachte ich sie alle in Ordnung.« Der Dicke sah ihn entgeistert an, hatte er doch seine Werkzeuge bis vor kurzem in der Hand gehabt. Und Matteo fuhr fort: »Als ich dann versuchte, mit den Geräten zu arbeiten, nützten sie mir nichts, und alle waren mir einerlei, und mich dünkt, ich habe sie alle an einen anderen Platz gelegt, als wo sie sonst liegen, da ich im Sinn hatte, sie zu ordnen, sobald ich Zeit hätte, und ich nahm auch noch andere, und alle waren mir einerlei, und mich dünkt, daß ich auch einigen Leuten geantwortet habe, die etwas von mir wissen wollten, als wäre ich wirklich er gewesen, denn so fühlte ich mich tatsächlich. Ich ging dann zum Mittagessen, kam in die Werkstatt zurück, und am Abend schloß ich ab, ging nach Hause und ins

Bett, wie ich schon gesagt, und das Haus dünkte mich genauso wie es ist und wie ich es immer gesehen habe; denn in Wahrheit bin ich schon oft beim Dicken gewesen, wie er weiß.«

Der Dicke hatte eine Stunde lang geschwiegen, und es dünkte ihn, als könnte er keinen Satz finden, der ihm, vor Filippo ausgesprochen, zugute gekommen wäre, da dieser immer ein Haar in der Suppe fand; aber Matteos Traum hatte ihm ein Licht aufgesteckt, so daß er nicht klarer hätte sehen können, in welch unentwirrbaren Knäuel er geraten; was dieser Traum von einem Tag und zwei Nächten erzählte, dünkte ihn als die Erklärung für die Zeit seiner Pein. Filippo und Donato zeigten sich ob des Traums über alle Maßen verwundert. Dann sagte Filippo: »So scheint es wiederum nicht, daß du festgenommen wurdest, Matteo; und dennoch sagst du, daß jener sein Geld bekommen hat und du auf deinem Landgut warst: Das ist ein derartiges Gewirr, daß nicht einmal Aristoteles den Faden finden könnte.« Da sagte der Dicke, indem er seinen Mund spitzte und den Kopf hin und her wiegte und vielleicht an das dachte, was Matteo gesagt, daß es ihn dünke, er sei der Dicke geworden, und an das, was ihm der Richter im Gefängnis gesagt: »Filippo, das sind unerhörte Dinge, aber dem gemäß, was ich gehört, sind sie schon manches Mal vorgekommen. Matteo hat gesprochen, und ihr habt gesprochen, und auch ich hätte etwas zu sagen, vielleicht so vieles und derartiges, daß ihr mich für wahnsinnig halten würdet: aber ich will still sein; Filippo, sei so gut, reden wir nicht mehr davon.« Es dünkte ihn wahrhaftig, als wäre alles, was ihm der Richter erzählt hatte, offenkundig und wahr, weil es so vielmals bezeugt wurde; und nun dünkte es ihn ohne jeden Zweifel sicher, daß er während der Zeit Matteo gewesen und daß Matteo er gewesen; daß aber Matteo in seinem Schlaf weniger Pein ausgestanden und ihm seine neue Gestalt weniger bedeutend und weniger lästig gewesen sei.

Aber nun dünkte es ihn auch, daß er wieder der Dicke geworden, als er Matteos Geschichte sah und hörte und dieser auch nicht mehr der Dicke war; und da seine Mutter noch nicht aus Polverosa zurückgekehrt, dünkten es ihn tausend Jahre, daß er sie nicht gesehn, denn er wollte sie fragen, ob sie in der Zwischenzeit in Florenz gewesen sei und wer an jenem Abend, als er angeklopft, bei ihr im Hause gewesen und wer in der Zwischenzeit seine Werkstatt aufgeschlossen. Er nahm also Abschied von ihnen, denn sie konnten ihn auf keine Weise zurückhalten, in Wahrheit versuchten sie es nur mit sanfter und höflicher Gewalt, damit er sich nicht verunglimpft fühlte und weil sie den Wunsch hatten, endlich frei herauszulachen. Doch sagte

Filippo diese Worte: »'s ist nötig, daß wir einmal zusammen zu Abend essen«; worauf der Dicke, ohne etwas zu erwidern, seiner Wege ging.

Ob Filippo, Donato und Matteo dann unter sich lachten, braucht man nicht zu fragen; denn, wer sie sah und hörte, dem erschienen sie weit närrischer als der Dicke, vor allem Donato und Matteo, die sich überhaupt nicht mehr halten konnten. Filippo grinste und blickte von einem zum anderen. Der Dicke besann sich und beschloß, seine Werkstatt zu verriegeln und sich nach Polverosa aufzumachen, was dann auch tatsächlich geschah; als er dort mit seiner Mutter zusammentraf, fand er heraus, daß sie nicht in Florenz gewesen, und sie sagte zu ihm, zufällig habe sie sich länger auf dem Land aufgehalten. Daraus schloß er, das Geschehene hin und her überlegend, und wieder zu sich selbst und nach Florenz kommend, daß ihm ein Streich gespielt worden war, wie sich alles zugetragen, konnte er jedoch nicht begreifen; aber es dünkte ihn so, weil in der Zwischenzeit seine Mutter nicht nach Florenz gekommen und in seinem Haus also kein Mensch gewesen war. Nun durfte er sich vor niemandem eine Blöße geben, denn der Sinn stand ihm nicht danach, sich dafür, daß man ihn zum Narren gehalten, zu verteidigen, so ihn jemand danach fragen würde, am meisten aber verdroß es ihn, daß Filippo die Hände im Spiel hatte, denn es dünkte ihn, als könnte er sich vor ihm nicht schützen.

Darum beschloß er, nach Ungarn zu gehen; es fiel ihm nämlich jetzt ein, daß er schon einmal eingeladen worden, und er gedachte den aufzusuchen, der ihm davon gesprochen; das war ein Gefährte von früher, sie waren miteinander bei Pellegrino, dem Meister für Holzeinlegearbeiten in der Via delle Terme, gewesen. Er war einige Jahre jünger und schon einmal nach Ungarn gegangen und hatte es dort weit gebracht, mit dem Beistand des Filippo Scolari, der sich Spano nannte, ein Bürger unserer Stadt war und damals General im Heer des Sigismund, der wiederum der Sohn Karls, des Königs von Böhmen, war und König von Ungarn, ein weiser und kluger Herrscher, der dann zur Zeit Gregors XII. zum Kaiser gewählt und von Papst Eugen IV. gekrönt wurde. Dieser Spano nahm alle Florentiner auf, die nach Ungarn kamen, sie brauchten nur in irgend etwas tüchtig zu sein: mit dem Geist oder mit den Händen zu etwas fähig; denn er war ein sehr ehrenwerter Herr und liebte seine Mitbürger über alles, wie sie ihn lieben mußten, und so wurde er für viele zum Wohltäter. In jener Zeit war der Gefährte des Dicken nach Florenz gekommen, um zu sehen, ob er nicht einen Meister seiner Kunst nach Ungarn mitnehmen könnte, da er viele Arbeiten angenommen; mehrmals hatte er mit dem Dicken darüber gesprochen und ihn gebeten, er solle mitkommen, wobei er ihm erklärte, sie würden es in kurzer Zeit zu Reichtum bringen. Der Dicke begegnete ihm zufällig und, auf ihn zutretend, sagte er: »Du hast mich mehrmals aufgefordert, mit dir nach Ungarn zu kommen, und ich hab es immer abgelehnt; wegen eines sonderbaren Zufalls, der mir widerfahren ist, und wegen eines Zwistes mit meiner Mutter habe ich beschlossen, mit dir zu kommen, falls du es noch willst; wenn dir der Sinn danach stehen sollte, würde ich gern schon morgen früh aufbrechen, wenn ich nämlich noch warte, würde meine Reise verhindert.« Der antwortete ihm, ihn freue das alles sehr, nur könne er am nächsten Tag noch nicht aufbrechen, weil er noch nicht alles geregelt habe; aber er solle, wenn er wolle, schon vorausgehen und in Bologna auf ihn warten, wo er in wenigen Tagen eintreffen werde. Und so war's der Dicke zufrieden. Nachdem sie sich also über alle Umstände geeinigt und der Dicke wieder in seine Werkstatt zurückgekehrt war, nahm er einige Werkzeuge und Habseligkeiten und auch etwas Geld mit, das er zu Hause hatte; nachdem das alles getan, ging er nach San Lorenzo und nahm dort einen Gaul, der nach Bologna zurückzubringen war, und früh am Morgen saß er auf und schlug den Weg dorthin ein, ohne seinen Verwandten oder sonst jemandem ein Wort zu sagen, so daß es schien, als würde er gehetzt. Zu Hause hinterließ er seiner Mutter einen Brief, in dem geschrieben stand, sie sollte für ihren Unterhalt alles verpfänden, was in der Werkstatt verblieben sei, er sei nach Ungarn gegangen, in der Absicht, mehrere Jahre dort zu bleiben. Während er durch Florenz ging (er ließ sich in der kurzen Zeit so wenig sehen, wie möglich war, doch konnte er es nicht anders machen), bis er dann zu Pferde war, kam er an einigen Plätzen vorbei, wo er über seinen Fall reden hörte; jedermann lachte und machte sich lustig; so hörte er über Dritte, daß es ein Possen gewesen war. Die Dinge waren erst durch den Burschen, der ihn hatte festnehmen lassen, und dann durch den Richter unter die Leute gekommen; denn Filippo hatte sich zu seiner Kurzweil mit ihm getroffen und ihn gefragt, was der Dicke im Gefängnis gesagt habe, und ihn darauf in die Geschichte eingeweiht; dann hatte ihm der Richter unter dem größten Gelächter von der Welt alles erzählt. Allgemein hieß es, der Streich sei ihm von Filippo Brunelleschi gespielt worden; was dem Dicken sehr wohl einleuchtete, denn er wußte, was Filippo für einer war; und nur allzugut, denn schon als er sah, daß er der Verspottete war, vermutete er, daß es von diesem ausgegangen. So kam es, daß der Dicke Florenz verließ und mit seinem Gefährten nach Ungarn ging. Besagte Abendgesellschaft fuhr fort, sich ihren Gepflogenheiten gemäß zusammenzufinden. Als sie das erste Mal wieder zusammenkamen, waren sie im selben Haus, bei Tomaso Pecori; und beinahe wegen jenes Streichs, um gemeinsam darüber zu lachen; daher wollten sie auch jenen Richter bei sich haben, der im Handelsgefängnis gesessen hatte und der, als er hörte, wer sie waren, gern kam, sowohl weil er mit manchem von ihnen schon auf vertrautem Fuß stand, als auch, um die ganze Geschichte in allen ihren Teilen zu erfahren, und auch seinen Teil beizusteuern, auf den sie, wie er bemerkte, Lust hatten; ebenso wollten sie den Burschen, der mit dem Büttel gegangen war, Matteo und seine zwei Brüder, die den Reigen im Gefängnis, bei sich zu Hause und am Feuer angeführt hatten. Sie wollten auch den Gerichtsbeamten, aber der konnte nicht kommen. Mit großem Vergnügen hörte der Richter sich die ganze Begebenheit an, und mit eben solchem erzählte er ihnen, was der Dicke gefragt und was er geantwortet, von Apuleius, Circe, Aktaeon und seinem Bauern und versuchte es ihnen so anschaulich wie möglich kundzutun, wozu er noch sagte: »Wenn mir sonst noch etwas eingefallen wäre, hätte ich es ihm auch gesagt.« Unter dem größten Gelächter von der Welt sprangen sie von einer Begebenheit zur anderen, je nachdem, was ihnen gerade einfiel: wie sich die ganze Geschichte zugetragen hatte und wie günstig ihnen das Glück gewesen war und von dem Richter und von dem Pfarrer und jedem anderen Geschehnis im allgemeinen; so daß jener Richter folgende Worte für sie fand: er erinnere sich nicht, zeit seines Lebens bei einem Gastmahl gewesen zu sein, wo er mehr und bessere Speisen aufgetischt bekommen, und zum größten Teil sei es so vorzüglich gewesen, wie nur selten oder nie auf dem Tisch von Königen und Kaisern aufgetragen würde, gar nicht zu reden von den kleineren Fürsten oder Privatleuten, wie sie es waren. Es sei niemand dabeigewesen, der ihm ungeschickt erschienen, als er an der Reihe gewesen, seine Rolle bei dem Streich zu spielen, so groß sei die Vorsicht und so klug die Weisung Filippos gewesen.

In Ungarn angekommen, machten sich der Dicke und sein Gefährte an die Arbeit und machten auch ihr Glück; denn innerhalb weniger Jahre wurden sie, gemessen an ihrem Stand, sehr reich, durch die Gunst jenes Spano, der den Dicken zum Baumeister machte, und man nannte ihn dort Meister Manetto aus Florenz, und er genoß einen guten Ruf, denn Spano nahm ihn mit, wenn er zum Heer ging, und gab ihm reichen Lohn und schöne, reiche Geschenke, so es der Fall erlaubte; denn der Spano war freigebig und großzügig wie ein

Königssohn, gegen jedermann, aber im höchsten Maße gegen die Florentiner; dies war neben seinen anderen Fähigkeiten auch der Grund für das Ansehen, das er dort genoß; der Dicke konnte alles tun, was sein Herz begehrte, was er mit seinem Gefährten und ohne diesen reichlich tat, wenn er nicht im Heerlager war. Er kam dann im Zeitraum mehrerer Jahre mehrmals nach Florenz, jedesmal mehrere Monate lang; als er bei seinem Besuch von Filippo gefragt wurde, weshalb er Florenz mit solcher Eile verlassen, ohne sich mit seinen Freunden zu unterreden, erzählte er ihm von Anfang an diese Geschichte, wobei er andauernd lachte, mitsamt allen ihren schönen Zwischenfällen, die in ihm selbst gelegen hatten und die man von keinem anderen erfahren konnte, und wie er der Dicke gewesen war und wie er nicht mehr der Dicke gewesen war, und ob er geträumt hatte oder ob er träumte, wenn er sich an die Vergangenheit erinnerte, dergestalt, daß Filippo vordem niemals so aus vollem Herzen darüber gelacht hatte wie diesmal. Der Dicke blickte ihm ins Gesicht und sagte: »Ihr wißt es besser als ich, da Ihr mich in Santa Maria del Fiore verhöhnt habt.« Da sagte Filippo: »Laß gut sein, denn das wird dir mehr Ruhm einbringen als alles andere, was du je gemacht, beim Spano oder bei Sigismund, und in hundert Jahren wird man immer noch von dir reden.« Der Dicke lachte, und

Filippo diesmal nicht weniger: trotz allem wollte der Dicke mit keinem anderen zusammenkommen als mit Filippo, sobald er ein wenig Zeit übrig hatte, obgleich er nun alles genau erfahren; Filippo hänselte ihn, wenn er bei ihm weilte, und sagte: »Ich wußte schon damals, daß ich dir einmal zu Reichtum verhelfen würde; und es gibt etliche, die gern der Dicke gewesen wären und wollten, man hätte ihnen derlei Streiche gespielt: du bist dadurch reich geworden, stehst nun auf vertrautem Fuß mit dem Kaiser der Welt und mit dem Spano und mit vielen anderen Fürsten und Baronen.« Diese seine Rückkehr und sein Besuch und die darauf folgenden, während derer er sich immer mit Filippo traf, gaben ihm reichlich Gelegenheit, ihn mit mehr Zeit und mehrere Male zu befragen und ihm mit Hilfe dessen, was er von jenem Richter und dem Burschen wußte, alle Einzelheiten herauszulocken, da nämlich der größte Teil dieser Dinge zum Lachen, wie man so sagt, im Kopf des Dicken gewesen waren. Daher kommt es, daß die Geschichte so in allen Einzelheiten niedergeschrieben und kundgetan werden konnte, weil sie Filippo manches Mal in allen Einzelheiten wiedererzählte; und aus den Erzählungen derer, die ihn gehört, entstand dann diese Geschichte. Und jeder, der sie von ihm gehört, behauptet, es sei unmöglich, in allen Einzelheiten zu sagen, wie alles hergegangen, da der eine oder andere sehr vergnügliche Teil vergessen worden sei, wie ihn Filippo erzählt und wie er in Wirklichkeit gewesen. Die Geschehnisse wurden nämlich, da Filippo starb, von einigen aufgezeichnet, die sie mehrmals von ihm gehört hatten; so wurden sie überliefert von einem, der Antonio da le Porte hieß, von Michelozzo, von Andreino da San Gimignano, der dessen Schüler und Erbe war, vom Scheggia, von Feo Belcari, von Luca della Robbia, von Antonio di Migliore Guidotti und von Domenico di Michelino und von vielen anderen; obwohl zu seiner Zeit schon etwas niedergeschrieben wurde, war es doch nicht mehr als ein Drittel der ganzen Begebenheit und an vielen Stellen lückenhaft und ungenau. Und vielleicht hat dies auch sein Gutes gehabt, da es bewirkte, daß die Geschichte nicht ganz verlorenging. Dank sei Gott. Amen.

Nachwort

Der Dicke hat soeben an seine eigene Tür geklopft, und eine seltsame, eine »verstellte« Stimme, die ihm wie seine eigene klingt, hat ihm geantwortet. »Sollte ich etwa von Sinnen sein?« In diesem Augenblick kommt Donatello, der »Schnitzer«, vorbei: eine flüchtige, erlesen zufällige, abendliche Begegnung: ». . . und bei ihm angelangt, sagte er in die Abenddämmerung hinein: ›Guten Abend, Matteo, suchst du den Dicken? Der ist gerade vorhin ins Haus gegangen.‹ Und er blieb nicht stehen, sondern ging seiner Wege.« Kaum vernehmbar und ganz nebenbei beginnt so die großartige Geschichte des Streichs oder Possens oder der Falle, einer Idee des Filippo Brunelleschi, gedacht als Meisterwerk einer nie gewagten Gattung: »Wir werden ihn glauben machen, er sei ein anderer geworden und sei nicht mehr der dicke Holzschnitzer«; mit »umsichtigen und raffinierten Gründen und Argumenten« überredet Brunelleschi seine ungläubigen »Vertrauten«, »daß man solches machen könne«; »daß er glauben sollte, er sei einer geworden, der Matteo hieß«.

Donatellos achtloser Gruß, jenes kaum vernehmbare »Guten Abend, Matteo«, klingt wie der Auftakt zu einem perfekten bösen Zauber; und von dem Augenblick an, in dem der Dicke den Namen des anderen »gehört« hat, ist er verloren; dann folgt die Geschichte seines allmählichen, fassungslosen Versinkens in einem »Zweideutigkeitswahn«.

Ist es aber wirklich ein Streich, ein Possen, was hier in einer der großen Novellen der italienischen Literatur erzählt wird? Es liegt etwas Ungeheures in dieser Erfindung, etwas Geheimnisvolles in ihrem Wirken; eine rätselhafte und zugleich schwerelose Gewalt, ein Hauch des Okkulten weht uns aus diesen Seiten entgegen, so daß wir uns weniger an Calandrino als an Harun-al-Rashid und Abu Hassan, Kalif für einen Tag, aus *Tausendundeiner Nacht* erinnert fühlen.

Wenn man diesen Text liest und wieder liest, bekommt man den Eindruck, daß das scheinbar traditionelle Spiel des Possens Fragen aufwirft, Schatten erstehen läßt, Gestalten aus der Finsternis heraufbeschwört und zwischen Wirklichkeit und Traum, zwischen Vernunft und Wahnsinn, zwischen Lebensfreude und abgründiger Melancholie schwankt.

Der Dicke ist ein tüchtiger Schöpfer von Holzeinlegearbeiten, ein sorgfältiger Hersteller von »manchem Rahmenaufbau« und »Altarbildern«. Er ist ein liebenswerter Mensch, »wie es die Dikken zumeist sind«, er neigt zu einer schwierigen »Einfalt«, die sich nur von »Verständigen« begreifen läßt. Wo ist seine verletzbare Stelle? Warum ist es wohl möglich, ihn in Matteo zu verwandeln? Vielleicht hat er überhaupt keine verletzbare Stelle, sondern ist nur hereingefallen auf die magischen Tricks, die vernünftigen Verwünschungen eines »Mannes von wunderbarem Talent und Verstand«. Faustische Schatten fallen auf die Gestalt Brunelleschis, seine Macht bleibt nicht in den Grenzen des Alltäglichen, seine Kunst scheint über das Menschliche hinauszugehen. Brunelleschi arbeitet an dieser Verwandlung wie an einem Meisterwerk, etwas, das niemand für möglich hält; aber er verkleidet sein Werk des Grauens als Streich, als Possen, als eine Geschichte zum Lachen, das sublime und niederträchtige Lachen Harun-al-Rashids angesichts des verrückt gewordenen Abu Hassan. Der Majeut hat sich vorgenommen, eine Menschenseele so lange zu kneten, bis sie am Rand ihrer eigenen Zerstörung steht, bis die zerbrechlichen Grundlagen des Ichs wanken, bis es herausfällt aus dem unbeständigen Scheinzusammenhang der Wirklichkeit.

Die Vorstellung einer Alternative, die Erfindung einer anderen, aber parallelen Welt steht im Mittelpunkt bei allen Streichen der alten Novellendichter; auch Calandrino befindet sich auf der Über-

fahrt in ein vorgetäuschtes Anderswo; aber in dieser Novelle liegt das Anderswo im Ich; der Dicke emigriert aus einem Ich in ein anderes, unbekanntes Ich. Der Dicke zögert, sträubt sich, widersteht; aber die Verschwörung ist ihm auf den Fersen; und auf einmal kommt ihm der Verdacht, es sei besser für ihn, Matteo zu werden, und sublim, grauenhaft sublim, ist die Verhandlung, die er mit sich selbst und den ihm auflauernden Gespenstern führt. Er stellt sich allgemeine und besondere Fragen: Sind derartige Verwandlungen je geschehen, und wie sind sie ausgegangen? Ein gebildeter »Doktor« zitiert ihm die mythologischen Verwandlungen, Aktaeon, Circe ... und mit einem gelassen alltäglichen Unterton spricht er von einem seiner Bauern, der einer solchen Verwandlung zum Opfer fiel und nie mehr »zu sich zurückkam«. Der Dicke hat Angst; und er fragt sich, was wohl aus jenem Matteo geworden sein mag: »Sollte er vielleicht ich geworden sein?«
Es gibt einen Moment, der als Abschluß erscheint, als nämlich der Dicke »sich damit abfindet«, Matteo zu sein, und seine Verwandlung als ein Geheimnis betrachtet, das er akzeptieren muß; er wird sich der ruhigen Überredungskunst des rechtschaffenen Pfarrers ergeben, der ihm die Nachteile erklärt, die ihm aus seinem starrsinnigen Beharren, weiterhin der Dicke sein zu wollen, erwach-

sen. »Du läßt dich für deinen Starrsinn verhöhnen, was dir kaum zur Ehre gereicht.« Starrsinn: wohl nicht zufällig tritt dieses Wort auf als Bezeichnung für das unvorsichtige Beharren, mit dessen Hilfe das Ich fortfährt, ein solches sein zu wollen; und letzten Endes scheint dies Wort zu der Vorstellung zu führen, daß das Ich keine psychologische Kategorie ist, sondern ein mißverstandener moralischer Gehorsam. Wie in dem Märchen aus *Tausendundeiner Nacht* greift auch hier an einem extremen Ort ein Trank ein, der für einen langen Schlaf sorgt. Doch da entsteht eine weitere Zweideutigkeit. Der Dicke wird, während er schläft, in sein Haus zurückgebracht; aber er wird verkehrt, nicht so, wie er es gewohnt ist, in sein Bett gelegt, und in seiner Werkstatt wird mit Kalkül alles drunter und drüber gebracht, nicht in zufällige Unordnung also; seine Geräte bekommen unvorhergesehene Plätze in der Werkstatt: »das Unterste zuoberst«; aber der Schlüssel wird wieder dorthin gebracht, wo ihn der Dicke hinzuhängen pflegte. Nachdem der Dicke erwacht ist, erkennt er sich selber wieder; also ist er »zu sich zurückgekommen«; das klingt schauerlich, als wäre ein Gespenst, welches das Ich ist, in den Körper zurückgekehrt, den es verlassen, oder besser, den es einem anderen zur Verfügung gestellt hatte. Aber der Dicke erinnert sich auch an alles, was ihm zugestoßen ist, als man ihn Matteo nannte. »Wer weiß, ob ich damals geträumt habe oder ob ich jetzt träume?« Und er seufzt voll Entsetzen: »Gott helfe mir!« Nun hat er, so scheint es ihm, das Ich des Dicken wiedergefunden, aber gleichzeitig verflüchtigt sich die Wirklichkeit vor seinen Augen. Das Wort »Zweideutigkeit«, das im 15. Jahrhundert freilich nicht neu war, ist in den Texten jener Zeit doch eine seltene und seltsame Erscheinung.

Alle erkennen ihn nun als den »Dicken«, aber er ist mißtrauisch; genau an dieser Stelle trifft der Dicke, und das verschärft die Lage, Matteo; und Matteo hat eine außergewöhnliche Geschichte zu erzählen, die ein Teil des Streichs ist, aber in deren Mittelpunkt wieder ein langer Schlaf steht; beinahe als wäre der Schlaf der Durchgangsort, die obligate Straße für Reisende, die über eine Grenze hinausgehen und manchmal wieder »zu sich zurückkommen«. In jenem Schlaf träumte Matteo, er sei der Dicke und habe in dessen Werkstatt gearbeitet und die Geräte so verteilt, wie sie der Dicke wirklich vorgefunden hat. »Es dünkte mich, als wäre kein Gerät an seinem Platz, und so habe ich alles wieder in Ordnung gebracht.« Der Dicke entdeckt, daß er »in einen unentwirrbaren Knäuel« geraten ist, in dem nicht einmal Aristoteles den Faden fände. Natürlich wird es sich hier um ein bei

Streichen übliches Zitat handeln. Ist diese Erzählung denn nicht in allem ein Streich? Aber die Behauptung von der Unzulänglichkeit des Aristoteles, in diesem Gewirr den Faden zu finden, läßt trotzdem aufhorchen und an eine jener Anspielungen, jener anderswo hinführenden Angaben denken, die diesen Seiten eine so unerwartete Dimension geben. Der Dicke braucht Beweise: indem er uns an den Anfang zurückführt, will er herausfinden, ob er an jenem Abend wirklich an seine eigene Haustür geklopft hat oder nicht. »Und er nahm Abschied von ihnen.« Das Universum des Dicken ist in seinen Grundlagen erschüttert, und zugleich auch unser Universum; und es zählt kaum noch, daß ihm auf einmal klar wird, er sei »zum Narren gehalten« worden, ihm sei ein Streich gespielt worden; aber es ist ein Streich, den er »nicht begreift«; denn was er erlebt hat: der »Zweideutigkeitswahn«, die Vorläufigkeit des Ichs, Schlaf und Traum als Durchgangsort – gehört das alles noch zu einem Streich, zu einem Possen, zu einem Schabernack?

Der Dicke ergreift die Flucht; er hinterläßt seiner Mutter einen Brief; er wird nach Ungarn gehen und dort für einen Florentiner arbeiten, der es zu Ruhm und Ansehen gebracht hat; und er wird weggehen, »in der Absicht, mehrere Jahre dort zu bleiben«.

Der Dicke kehrte nach Florenz zurück, »im Zeitraum mehrerer Jahre mehrmals, jedesmal mehrere Monate lang«; er sah Brunelleschi wieder; »der Dicke blickte ihm ins Gesicht«; »Filippo sagte: ›Laß es gut sein, das wird dir mehr Ruhm einbringen als alles andere, was du je gemacht ...‹ ... und der Dicke lachte«. Im Finale hat sich der Dicke das Lachen Haruns, das Gelächter des Grauens, zu eigen gemacht; verdächtig naiv heißt es im Text: »... der größte Teil dieser Dinge zum Lachen waren ... im Kopf des Dicken gewesen«.

Eine großartige Geschichte, eine schöne Novelle, eine amüsante Schnurre? »Unmöglich, in allen Einzelheiten zu sagen, wie es hergegangen ... wie es in Wirklichkeit gewesen.« Von diesem Meisterwerk Brunelleschis wird nur ein Teil wiedergegeben, »an vielen Stellen lückenhaft und ungenau«. So lesen wir es, ein Wunder an Schwerelosigkeit und Grauen.

Giorgio Manganelli

Jurij Tynjanow
Sekondeleutnant Saber
Erzählung
Aus dem Russischen von Maria Einstein
Band 10541

Tynjanows groteske Satire, die beste seiner drei historischen Novellen, stammt aus dem Jahr 1929. Sie verknüpft zwei, jeweils durch den Flüchtigkeitsfehler eines Abschreibers verursachte vertrackte Fälle: einen Sekondeleutnant, der in der Liste des Kanzlisten fälschlich unter die Toten geraten ist, und einen Sekondeleutnant, den es gar nicht gibt, der aber, da er nun einmal auf dem Papier existiert, immer dann gelegen kommt, wenn ein Sündenbock, ein Strohmann oder etwas dergleichen gebraucht wird.
Eine kleine listige Geschichte, die mit Effekten wie bei »des Kaisers neuen Kleidern« spielt und die die Macht der Bürokratie und die Machenschaften der Mächtigen aufs köstlichste karikiert.

Fischer Taschenbuch Verlag

fi 700/1